KB046531

아무도 나처럼 노래하지 않았다

BOB DYLAN

아무도 나처럼
노래하지 않았다

구자형 지음

북바이**북**

1.

교보문고에 들러 책을 한 권 산다. 밥 딜런의 자서전 『바람만이 아는 대답』이다. 내친 김에 딜런의 2016년 발표 앨범 〈Fallen Angels〉를 사고, 내친 김에 〈The Real Bob Dylan〉 3장짜리 CD 묶음 한 세트도 산다. 이른바 편집앨범이다. 〈Fallen Angels〉의 표지는 5장의 카드를 쥔 손가락이 네 개만 보이고, 뒤표지에는 거미줄 혹은 나무의 나이테 혹은 추상화 같은 그림이 어둠 속의 짙은 블루로 드러나 있었다.

〈The Real Bob Dylan〉 편집 앨범 1번 CD의 1번 트랙은 〈Talkin' New York〉이고, 2번 트랙은 〈Song To Woody〉이다. 딜런이 크게 영향 받았던 미국 모던 포크의 전설, 우디 거스리를 위한 이를테면 헌정곡이다.

광화문 사거리에서 역사박물관 쪽으로 횡단보도를 건너, 씨네큐브 안에 있는 카페큐브엘 간다. 아메리카노를 연하게 한 잔 주문한다. 곧 이어 뉴욕 치즈 케이크도 주문한다. 그럴 싸한 일요일 오전의 나만의 브런치인 셈이다. 평소엔 외면 했던 뉴욕 치즈 케이크, 오늘 내 입이 호사하고 내 몸이 이를 반긴다.

커피를 가져다주는 젊은 남자 직원이 내가 밥 딜런 책과 CD를 들여다보고 있자 한마디 건넨다.

"밥 딜런, 노벨상이죠?"

"그래요. 좋아하세요?"

"네. 〈Knockin' On Heaven's Door〉요."

"그거 옛날 노랜데 어떻게 알죠?"

"영화를 보고 알았습니다. 영화 마지막 장면에서 두 남 자가 해변에서 죽음을 기다리는데 〈Knockin' On Heaven's Door〉가 나오잖아요."

2.

카페큐브에 들어오기 전, 신문로 거리의 가을 나무 사이로 바람이 불어가고 있었다. 잠시 멈춰 섰다.

"바람아. 전쟁이 언제 끝나니?"

바람은 나뭇가지를 스쳐, 거리를 스쳐가다 말고 잠시 내 귓가를 핥듯이 달콤하게 아주 잠시 머물듯 스쳐간다. 엄숙한 질문에 바람은 감미로운 입술만 내 귀에 댔다 뗐을 뿐이었다. 나는 다시 바람에게 물었다.

"바람아, 언제 사람은 사람답게 살 수 있는 거니?"

그러자 이번엔 바람이 좀 사나워진 느낌이었다. 그것은 어두운 느낌이었고 화가 나 있는 것도 같았다. 나는 바람만이 아는 대답을 간직하고 다시 발길을 옮겼다. 작은 낙엽들이 보도 위에 떨어져 있었다. 나는 그 중 가장 작은 잎새 하나를 집어 든다. 초록빛이 많이 바랬으나 아직 여름의 잔해랄까, 여운이 남아 있었다. 잎새의 머리 쪽 부분과 가지에 매달려

7

있던 아래쪽 부분은 갈색으로 물들어 있었다. 그것은 한 마리 작은 짐승 같았고, 세상에서 가장 작은 입술을 가진 가수의 입술 같았다.

차례

들어가는 말   5

1부

밥 딜런을 향한 불꽃놀이가 시작되다   15

Talkin' New York   19

무엇을 보았니? 푸른 눈의 내 아들이여   22

엘비스 프레슬리가 되고 싶었다   31

바람만이 알고 있지   34

딜런, 포크록이라는 바다를 발명하다   40

Song To Woody   47

미쳐버린 존 해먼드   56

손석희가 초대한 밥 딜런   60

My Back Pages   68

2부

그리니치빌리지의 무명의 음유시인   73

곱슬머리 딜런   75

딜런, 당신의 눈동자를 보여주세요   80

존 바에즈와 밥 딜런   85

바나나 향기   92

밥 딜런이라는 코끼리 만지기   95

Girl From The North Country   100

Knocking On Heavens Door   106

Like A Rolling Stone   110

The 30th Anniversary Concert Celebration   119

3부

2016 노벨문학상 수상자 밥 딜런   131

무례하고 건방진 밥 딜런   140

밥 딜런의 영향 받은 한국 청년문화   145

Just Like A Woman   153

Fallen Angels   160

Song To Dylan   170

I'm Not There   178

Talkin' Seoul   183

에필로그   190

밥 딜런 연보   195

1부

Close your eyes, close the door,
You don't have to worry any more.
I'll be your baby tonight.

Shut the light, shut the shade,
You don't have to be afraid.
I'll be your baby tonight.

밥 딜런을 향한
불꽃놀이가 시작되다

밥 딜런의 가치는 조금 낮게 평가돼 있었다. 포크가수 한대수는 〈동아일보〉와의 인터뷰에서 밥 딜런의 롱아일랜드 공연을 30년 전에 봤다고 한다. 또한 내한공연도 보았다고 한다. 그에 대해 "실은 형편없어서 실망을 했지요. 몇 년 전 한국공연도 봤는데 비슷하더군요. 자기 히트곡도 제 맘대로 달리 편곡을 해서 소화를 하더군요. 하지만 그는 꾸준히 자기 자신을 유지하면서 창작을 계속하고 가족을 지킴으로써, 스타 그 이상의 존재로 자신을 유지해냈습니다."라고 했다. 그밖에 평가들은 대부분이 딜런에 대한 찬사였다.

"Who Am I?(나는 누구인가?) 딜런은 팝, 록으로 시작했지만 우리 인간에게 커다란 질문을 던졌다는 것으로서 놀라운 문학적 가치"를 갖게 되었다고 평가했다. 그런가 하면 "팝, 록 음악을 고차원에 올려놓은 그의 노고가 이제야 평가받아 뿌듯"하고 "음악 중 가장 위대한 것을 베토벤, 바흐, 모차르트 같은 클래식으로 치는 것이 당연하게 받아들여지는 고금의 현실에서 딜런의 수상은 대중음악계에 대단한 경사"라고 말했다.

들국화의 조덕환은 밥 딜런은 이제 블루스를 한다고 얘기했고, 그 어감은 왠지 옛사람이 됐다는 그런 느낌이었다. 조덕환은 내가 2013년 파주 북페스티벌에서 청중이 십여 명밖에 안 되는 흐린 오후의 무대에서, 그리고 빈 의자가 너무 많아서 나보다 빈 의자들이 더 외로워 보였던 그날의 무대에서 내가 딜런의 〈I'll Be Your Baby Tonight〉을 부르자 언젠가 자신도 불러보고 싶다고 했다.

그런데 조명탄이 터진 것이다. 스웨덴 한림원의 노벨상 위원회에서 발사했고, 전 세계 미디어들은 그 광휘와 열기를 증폭시키기 시작했다. 그들은 재빨리 생각이 없거나 얕은, 그래서 얄팍하고 경박하지만 소문이 가장 빠른 마을의 반건달들처럼, 밥 딜런의 과거와 현재를 들쑤셔냈다. 저마다의 시선과 눈빛으로 밥 딜런을 재조명했고 드러내기 시작했다.

이제는 한물간 싱어송라이터로써 그래도 히트곡이 많으니까 꾸준히 쉬지 않고 콘서트를 하는, 살아 있는 전설쯤으로 서서히 치부되고 규정되기 시작했던 밥 딜런에게 느닷없는 조명탄이었다. 아니 불꽃놀이가 시작된 것이다. 어쩌면 밥 딜런을 몰랐거나 잘 몰랐거나, 몰라도 상관없다고 생각했던 이들의 마음을 약간 거북하게 만들었던 노벨문학상 수상이라는 거대한 해일일 수도 있겠다. 그리고 평소 밥 딜런을 좋아하고 흠모했던 골수팬들에게는 가뭄에 단비 같은, 그래서 이 저항의 시인의 우기가 가능한 한 좀 더 지속되길 바라는 심정도 있었을 것 같다.

그러나 이쯤에서 우리가 경계해야 할 것은 어딘가, 그 무엇엔가 함몰되거나 머물지 말아야 한다는 것이다. 어디에도 속하거나 너무 오랜 자아도취라는 환상과 자만이라는 허상을 물고, 빨고, 뜯고 할 때가 아니란 것이다. 밥 딜런이 가장 두려워했던 것은 '무엇'으로 규정되는 것, 그래서 그 무엇엔가에 속박당하는 것이었다. 제롬 카린이 갈파했듯이, 뉴욕이 오늘날 세계 최고의 도시라는 명성을 유지할 수 있는 것은 "뉴욕은 스스로 성취한 영광을 스스로 늘 비웃어왔기 때문이다."(『뉴욕』, 제롬 카린 지음, 시공사, 1998) 이 말처럼 밥 딜런 역시 자신에게 쏟아지는 모든 찬사에 늘 불쾌한 표정을 지어왔다.

그는 걸어다니는 동상이 되어 어떤 추종자들에 의해 교주가 되거나 좌상이나 우상이 될 의욕이 전혀 없었다. 그는 독재자나 권력자가 될 생각도 전혀 없었다. 오히려 독재 타도는 늘 바람만이 알고 있다는 태도였고, 그 독재에 의지해 갑이 되거나 갑질을 할 생각조차 갖지 않았다.

그는 미쳐버린 시대에 시대정신을 운명처럼 신내림 받아, 평화와 반전과 인권과 역사를 노래한 20세기 후반의 서사 시인이었다. 그가 60년대 초반에 그려낸 뉴욕의 풍경은 이제 서울, 북경, 도쿄, 하노이 등에서도 동시 상영되는 영화 같은 현실이 됐다. 단지 다르다면 영화는 길어야 2시간인데 이놈의 영화는 언제 끝날지 모르는 너무나 지루하고 갑갑한 지옥 같다는 사실이다.

Talkin'
New York

1961년, 밥 딜런이 뉴욕에 왔다. 오대호가 찰랑대는 미네소타에서 대서양이 물결치는 뉴욕까지 미 대륙의 겨울 풍경 속을 헤쳐가며 자동차를 타고 춥디 추운 혹한의 겨울, 뉴욕에 첫발을 내 디뎠던 것이다. 뉴욕의 겨울바람이 딜런의 얇은 옷깃을 성조기처럼 혹은 센트럴 파크의 가랑잎새들처럼 휘날렸다. 눈 쌓인 도로와 길가의 어느 곳에서는 하얀 수증기가 마피아 영화의 단골 장면처럼 피어오르고 있었다. 그것은 매순간 버려지는 뉴욕의 어떤 따스함이었고, 딜런은 곧장 숨어들고 싶은 방을 찾지 않았다. 그는 다만 당당했고 대부분의 사람들처럼 뉴욕에서 부자가 될 생각이라든가(영화 〈미드나잇 카우보이〉의 존 보이트와 더스틴 호프만처럼) 멋진 결혼과 로맨스를 잠옷 차림으로 찾으러 오진 않았다. 그에게는 언젠가 사라질 것들의 품에 안겨 지내기보다는, 보이는 바람 부는 길 위에서의 보이지 않는 바람 부는 길을 찾고자 했던 것이다.

그는 2004년 방송된 CBS와의 인터뷰에서 인터뷰 내내 '운명'이라는 단어를 강조했고, 뉴욕의 그리니치빌리지에서의 무명 시절에도 이미 자신이 음악의 전설이 될 운명임을 알고 있었다고 고백한다. 또한 딜런은 "나는 환상적인 빛을 향해 가고 있었다. 운명이 다른 사람들이 아닌 나를 똑바로 바라보고 있었다."고도 말했다.

그렇다. 처음에 딜런은 음악 중에서도 포크 음악을 선택했지만 어느새 음악이, 포크 음악이 그를 선택하고야 말았던 것이다. 그것이 그의 운명이었던 것이다. 이는 일종의 무의식적인 통과의례 같은 것이고, 그의 기타와 하모니카와 그의 입술과 목청과 뱃소리를 통해서, 누군가 넋두리를 몹시 해대는 하드코어 포크일 수도 있다. 따라서 음악의 길을 가는 것이 아니라 딜런 스스로가 어느새 음악이란 길이 되어 있었고, 이제 우리는 그 길이 된 밥 딜런을 딛고 선 채, 그 길 위에서 어디로 갈지 모르는 방황하는 우왕좌왕시의 세계시민들이 되어가고 있었던 것이다.

무엇을 보았니?
푸른 눈의 나의 아들이여

위대한 작가에게는 자신의 삶과 내면을 그리고 세계를 바라보는 고유의 시선들이 있다. 예를 들면 전쟁 같은 투우와 전쟁 같은 동물사냥과 전쟁 같은 권투경기와 전쟁 같은 삶을 위협하는 죽음을 찬찬히 바라보는, 묵직한 시선의 『노인과 바다』의 헤밍웨이가 있다. 위대한 작가들은 그렇게 바라봄으로서 그 풍경과 맞닥뜨린 상황이 무엇인지, 왜 그런지를 본능적으로 직관하고 철학으로 파악한다. 위대한 문학사와 예술사는 바로 그 위대한 작가들의 바라본 시선과 서정과 서사인 것이다.

그들은 생로병사의 과학에 함몰되거나 부귀영화에 들뜨거나 출싹대지 않는다. 그 너머에 존재하는 본질을 바라보곤 한다. 무라카미 하루키가 영향 받았다고, 가장 좋아한다고 고백한 바 있는 작가 레이먼드 카버의 냉혹할 만큼 차가운 시선은 겨울처럼, 얼음처럼, 보석처럼 한없이 투명한 블루에 근접하곤 한다. 그 시선과 세계와의 그 거리 두기에 의해 세계는 저마다 숱한 존재들로 독립한다. 정체성을 회복하고 존재를 획득하는 것이다.

밥 딜런 또한 위대한 시인으로써 20세기 후반과 21세기 초에 걸쳐 현재진행형으로 전진하고 돌진하는 괴상한 악기로써 세계를 바라본다. 그는 결코 세계에 빨려 들어가지 않는다. 딜런은 자신의 아버지에게 뉴욕은 세계의 자석 같은 도시라고, 그래서 뉴욕이 사라지고 나면 세상의 모든 것들이 갈 곳을 잃을 것이라고 말하기도 한다.(『바람만이 아는 대답』, 밥 딜런 지음. 양은모 옮김, 문학세계사, 2010)

세계를 이끌고 지배할 수도 있는 뉴욕은 빅 애플(뉴욕의 애칭)이면서도 어쩌면 세계의 눈동자일 수 있다. 그리고 그 뉴욕의 영혼이고, 뉴욕의 입술인 딜런의 시선은 특히 어두운 세계를 가만히 침착하게 바라보고 때론 역겹다는 듯 침을 뱉 듯 노래하고, 때로는 허망하고 허탈한 듯 한없이 가라앉는 낮은 음조로 읊조리곤 한다.

때로는 뉴욕의 상공을 날아가는 한 마리 뉴욕 항구의 갈 매기처럼, 더러는 로큰롤 가수처럼, 트럭운전사 출신의 엘비 스 프레슬리처럼 감각적인 리듬비트를 타고, 홀연히 날아올 라 지상에서 벗어나 구름 속으로 사라지기도 한다.

아무튼 밥 딜런의 시선을 따라가보자. 그의 시선이 어디에 머물렀었는지 한번 살펴보기로 하자. 신뢰할 수 있는 음악콘 텐츠를 생산해내는 미국의 〈롤링스톤Rolling Stone〉지가 2011 년 5월 11일 인터넷 판을 통해 발표한 「10 Greatest Bob Dylan Songs」을 보면 1위는 역시 〈Like A Rolling Stone〉이 었다. 이 노래에는 거지들에게 동전을 던져주던 아가씨가 완 전 망가져 배고픈 신세, 노숙자 신세가 된다는 그 좌절과 추 락의 이야기가 나온다. 그야말로 집 없이 거리를 나뒹구는, 행인들의 발길에 차이는 구르는 돌멩이 같은 신세가 된 것이 다. 그러나 밥 딜런은 이런 변화와 새로운 상황에 대해 인생 무상이니, 용기를 내라거나, 희망을 갖고 다시 한 번 일어서 라거나 같은 말을 하지 않는다.

심지어 이 노래 어딘가에서는 몸을 파는 협상의 뉘앙스가 풍기는 이야기도 등장한다. 그러나 딜런은 이에 대해 이렇게 말할 뿐이다. "그래 기분이 어때? 인생의 쓴맛을 보니 어때?" 하고 냉소하고 있는 것이다. 나는 이 노래야말로 자본주의에 대한 밥 딜런의 음악 뉴스라고 생각한다. 딜런이라는 다윗이 자본주의라는 거대한 골리앗에게 돌팔매 대신 "기분이 어때?How Does It Feel"라고 묻고 있는 것이다. 아마도 자본주의가 누군가의 추락을 먹고 살기 때문인지도 모른다. 자본주의야말로 언제 무너질지 모르는 모래성이고, 언제 집이 사라지고, 언제 노숙자가 될지도 모르는 그 삶의 냉엄한 현장에 대해, 에둘러가지 않고 돌직구를 날리는 것이다. 이것이 바로 밥 딜런의 통렬한 아름다움이고, 그의 통찰력이 빚어낸 그의 음악의 절정이 〈Like A Rolling Stone〉이다.

　그리고 2위는 〈A Hard Rains A gonna Fall〉이다.

무엇을 보았니? 푸른 눈의 내 아들이여, 사랑하는 아이야

나는 야생 늑대들이 둘러싼 갓 태어난 아기와

아무도 없는 다이아몬드 고속도로,

피로 얼룩진 검은 강줄기,

피범벅이 된 쇠망치를 든 사내들로 가득찬 방,

물에 젖은 하얀 사다리,

혀가 찢어진 만 명의 수다쟁이들과

어린아이들의 손에 쥐어진 총과 날카로운 칼을 보았고,

소낙비, 소낙비가 내리네

Oh, what did you see, my blue eyed son?

Oh, what did you see, my darling young one?

I saw a newborn baby with wild wolves all around it

I saw a highway of diamonds with nobody on it

I saw a black branch with blood that kept drippin'

I saw a room full of men with their hammers a-bleedin'

I saw a white ladder all covered with water

I saw ten thousand takers whose tongues were all broken

I saw guns and sharp swords in the hands of young children

And it's a hard, it's a hard, it's a hard, it's a hard

It's a hard rain's a-gonna fall.

(중략)

이젠 무얼 하려고 하니? 푸른 눈의 내 아들이여, 사랑하는

아이야

나는 비가 내리기 이전으로 돌아가고 싶구나

깊고 어두운 숲의 한가운데로 돌아가겠어

손에 아무것도 쥔 것이 없는 많은 이가 있는 곳,

마실 물 속에 독이 넘치는 곳,

습기 차고 더러운 감옥을 대신할 집이 있는 곳,

사형 집행인의 얼굴이 언제나 잘 감춰지는 곳,

배고픔이 추한 곳, 영혼이 잊힌 곳,

검은색만 존재하고 숫자라고는 없는 그곳으로

산으로부터 말하고 생각하고 이야기하고 숨 쉬고

표현하겠어, 모든 영혼이 그것을 볼 수 있도록

그리고 가라앉기 전까지 넓은 바다 위에 서 있겠어

하지만 노래하기 전까진 내 노래를 잘 알게 되겠지

소낙비, 소낙비가 내리네

Oh, what'll you do now, my blue-eyed son?

Oh, what'll you do now my darling young one?

I'm a-goin' back out 'fore the rain starts a-fallin'

I'll walk to the deepths of the deepest black forest

Where the people are a many and their hands are all empty

Where the pellets of poison are flooding their waters

Where the home in the valley meets the damp dirty prison

Where the executioner's face is always well hidden

Where hunger is ugly, where souls are forgotten

Where black is the color, where none is the number

And I'll tell and think it and speak it and breathe it

And reflect it from the mountain so all souls can see it

Then I'll stand on the ocean until I start sinkin'

But I'll know my songs well before I start singin'

And it's a hard, it's a hard, it's a hard, it's a hard

It's a hard rain's a-gonna fall

— 〈A Hard Rain's a-Gonna Fall〉 중에서

이 노래 말을 보면 마치 한 편의 다큐멘터리 영상을 보는 듯하다. 특히 "어린 아이들의 손에 쥐어진 총"이라든가, "마실 물 속에 독이 넘치는 곳", "영혼이 잊힌 곳" 등 구구절절 아픈 명언, 슬픈 금언인 것이다. 그 누가 이토록 위대한 시선을 가졌었는가? 돌이켜본다. 랭보였을까? 아니면 딜런 토마스였

을까? 딜런의 위대함은 자신의 내면의 고통과 불안은 물론 세계의 고통과 그 불안이라는 그 모든 공포와 절망과 그로 인해 아무도 듣지 않는 속 상처를 보고, 듣고 이렇게 증언하고 있다는 사실에 있다. 그의 존재는 사실 속의 우리들에게 진실이라는 빛을 던져주고 있는 것이다.

또랑광대라는 말이 있다. 우리의 국악에서 예전에 쓰이던 말이다. 재능은 있으나 한나라의 굿 같은 큰 굿판을 주재하기엔 좀 많이 부족한 광대, 말하자면 강물광대, 바다광대가 못 되는 광대를 뜻한다. 그러나 밥 딜런은 미국과 베트남과 그 밖의 전 세계의 모든 고통을, 아니 인류의 고통과 불안과 좌절과 절망과 망실을 그의 시선으로 바라보고, 그것들을 가슴으로 받아들인 것이다. 그의 가슴이 부서지거나 파괴되지 않은 게 신기할 정도다.

그리고 그는 그것을 노래했다. 비통한 울음을 삼키며 그는 시간의 리듬을 타고 세계의 꼭대기, 뉴욕의 한복판 그리니치 빌리지, 1962년의 세계의 심장에서 노래 불렀다. 소낙비, 소낙비가 내린다고……. 잘 아시다시피 베트남 전쟁에서의 미군 폭격기가 우박처럼 쏟아져 내리던 그 폭탄들이 떨어지는 모습을 밥 딜런은 소낙비라고 표현했던 것이다. 여기엔 숱한 예언과 현재가 나타나고 있다. 그리고 이처럼 '봐야' 하는 것이다. 그래서 그 공포로 인한 절망과 가위눌림 대신에 밥 딜런은 기타를 들고 노래했다. 그 공포의 잠에서 깨어나라고, 졸지 말라고, 절망의 늪으로 빠져드는 아늑한 죽음의 황홀함에서 벗어나 깨어나라고, 보라고, 들으라고, 저 세찬 비를, 폭탄들의 떨어짐을 보라고 그는 노래했던 것이다.

엘비스 프레슬리가
되고 싶었다

제2차 세계대전에 미국이 아직 발 들여 놓기 직전인 1941년 5월 24일, 미네소타 주 덜루스에서 태어난 밥 딜런(본명 로버트 앨런 지머맨Robert Allen Zimmerman)은 엘비스 프레슬리가 되고 싶었다고 말한 바 있다. 그리고 아직 가수가 되고픈 꿈을 꾸기 전에는, 평범한 삶과 죽음 대신에 웨스트포인트 육군사관학교에 들어가 장군이 되어 전쟁에 뛰어들어 죽음을 두려워하지 않는 사람이 되고 싶어 했다. 그러나 딜런의 아버지는 군인이 무척 힘든 직업이라며 우려했고, 삼촌 또한 군인

되기보다는 탄광에서 일하는 게 낫다고 조언한다.

딜런은 엘비스 프레슬리에 대해서 이런 말을 했다. "엘비스의 노래를 처음 듣는 순간 나는 감옥에서 풀려난 기분이었다." 존 레논도 한마디했었다. "엘비스 프레슬리 이전엔 아무것도 없었다." 미국 블루칼라의 대변인이라고 일컫는 브루스 스프링스틴은 "엘비스로 인해 사람들은 조금씩 꿈을 꾸기 시작했다."라고 말한 바 있다.

딜런의 아버지는 척추성 소아마비로 인해 전쟁에 나갈 수 없었다. 딜런의 삼촌들은 아시아, 유럽, 북아프리카 등 미국에서 멀리 떨어진 제2차 세계대전의 전쟁터에 참전한다. 1951년 밤 딜런은 10살이었다. 이 당시 툭하면 공습훈련이 있었다고 한다. 공습 대비훈련으로 인해 사이렌이 울리면 공부하다 말고 모두들 책상 밑에 들어가 엎드리곤 했다. 이는 어린 딜런의 혼을 빼는 일이었다. 이 경험으로 인해 딜런은 자신의 마음에 실제로 본 적은 없었던 전쟁이라는 공포에 상처 입었다. 그것은 어쩌면 딜런을 가둔 공포라는 감옥이었으리라. 그리고 공포가 어찌 공습뿐이겠는가. 아우슈비츠라든가 차디찬 겨울 거리에서 종이 박스를 깔고 잠드는 사람들, 세금을 걷고 그 세금을 사용해 나라의 일을 해나가는 이들을 뽑기 위한 국가의 이런저런 선거들, 그밖에도 빈 지갑, 가기 싫은 출근이나 등교 등의 크고 작은 공포들이 즐비할 것이다.

딜런은 결국 공포와 맞서는 포크 싱어송라이터가 된다. 그는 자신의 노래와 음악이 단순한 유흥이 될 것을 거부한다. 그는 공포와 정면으로 맞선다. 그는 공포라는 삶의 바다에서 난파당한 뱃사람이다. 그는 기타라는 널빤지 한 장을 붙잡고, 뱃고동 대신 하모니카의 구조 신호를 아무도 없는 공포의 공간에서 울부짖으며, 누군가를 무언가를 노래불렀다. 그것은 공포의 가위눌림에서 깨어나려는 발버둥이었고, 몸부림이었고 시대의 아침을 일깨우는 외침이었다.

바람만이
알고 있지

얼마나 많은 길을 걸어야만

사람은 사람답게 살 수 있을까?

얼마나 먼 바다 위를 날아야만

흰 비둘기는 백사장에서 편히 쉴 수 있을까?

얼마나 많은 포탄이 날아다녀야만

영원한 평화가 찾아올 수 있을까?

친구들이여, 그 대답은 바람만이 알고 있지

그 대답은 바람만이 알고 있지

How many roads must a man walk down

Before you call him a man?

Yes, 'n' how many seas must a white dove sail

Before she sleeps on the sand?

Yes, 'n' how many times must the cannon balls fly

Before they're forever banned?

The answer, my friends, is blowin' in the wind,

The answer is blowin' in the wind

- 〈Blowin' In The Wind〉 중에서

1940~50년대생이라면 누구나 한번쯤 흥얼거렸을 법한 노래 〈Blowin' In The Wind〉는 딜런을 일약 영웅으로, 세계 모던포크의 정상으로 떠오르게 한다. 〈Blowin' In The Wind〉는 마치 마틴 루터 킹 목사의 연설처럼 포크 음악을 통한 평화 선언이었다. 마틴 루터 킹은 자신이 이끈 1963년 3월, 25만 명이 운집한 워싱턴 평화 대행진에서 이런 연설을 한다.

나에게는 꿈이 있습니다. 언젠가 이 나라가 모든 인간은 평등하게 태어났다는 것을 자명한 진실로 받아들이고, 그 진정한 의미를 신조로 살아가게 되는 날이 오리라는 꿈입니다. 언젠가는 조지아의 붉은 언덕 위에 예전에 노예였던 부모의 자식과 그 노예의 주인이었던 부모의 자식들이 형제애의 식탁에 함께 둘러앉는 날이 오리라는 꿈입니다.

언젠가는 불의와 억압의 열기에 신음하던 저 황폐한 미시시피 주가 자유와 평등의 오아시스가 될 것이라는 꿈입니다. 나의 네 자녀들이 피부색이 아니라 인격에 따라 평가받는 그런 나라에 살게 되는 날이 오리라는 꿈입니다. 오늘 나에게는 꿈이 있습니다. 주지사가 늘 연방 정부의 조처에 반대할 수 있다느니, 연방법의 실시를 거부한다느니 하는 말만 하는 앨라배마 주가 변하여, 흑인 소년 소녀들이 백인 소년 소녀들과 손을 잡고 형제자매처럼 함께 걸어갈 수 있는 상황이 되는 꿈입니다.

– 마틴 루터 킹의 연설문 「나에게는 꿈이 있습니다」 중에서

위의 연설이 행해진 워싱턴 평화 대행진의 다음 순서는 밥 딜런, 존 바에즈, 피터 폴 앤 메리, 해리 벨라폰테, 마할리아 잭슨 등의 가수들이 등장했다. 밥 딜런은 〈When The

Ship Comes In〉을, 피터 폴 앤 메리가 〈Blowin' In the Wind〉를 불렀다. 존 바에즈는 〈We Shall Overcome〉를 노래했고, 군중의 대합창은 들불처럼 번져갔다.

우리 승리하리라, 우리 승리하리라

우리 승리하리라, 훗날에

오, 마음 깊이

나는 믿네

우리 승리하리라, 훗날에

We shall overcome

We shall overcome

We shall overcome, some day

Oh, deep in my heart

I do believe

We shall overcome, some day

손에 손을 잡고 걸으리라, 손에 손을 잡고 걸으리라

손에 손을 잡고 걸으리라, 훗날에

오, 마음 깊이

나는 믿네

우리 승리하리라, 훗날에

We'll walk hand in hand

We'll walk hand in hand

We'll walk hand in hand, some day

Oh, deep in my heart

I do believe

We shall overcome, some day

– 〈We Shall Overcome〉 중에서

밥 딜런의 〈Blowin' In the Wind〉가 수록된 밥 딜런의 2집 앨범 〈Freewheelin' Bob Dylan〉은 1963년 5월 27일 발매됐다. 음악 녹음은 1962년 4월 24일부터 1963년 4월 24일까지 꼬박 1년이 걸렸으나, 그 기간 중에 띄엄띄엄 총 8일간만 뉴욕의 콜롬비아 레코딩 스튜디오에서 녹음을 한 결과물이었다. 콜롬비아 레코드사에서 발매됐고, 1963년 7월에는 〈Blowin' In The Wind〉와 〈Don't Think Twice, It's All Right〉가 싱글로 발표된다. 1994년 〈Blowin' In The Wind〉

는 그래미 명예의 전당에 헌액됐고, 2004년에는 〈롤링스톤〉지가 선정한 '역사상 가장 위대한 노래 500곡' 중에서 14위에 올랐다.

〈Blowin' In The Wind〉를 밥 딜런은 하모니카 하나 목에 걸고, 통기타 하나와 심정心情 하나로 노래한다. 마치 재난의 현장에서, 그 참사의 상황 속에서 딜런은 구조자의 역할도 아니고, 구조받아야 할 사람도 아니고, 어쩌면 그 둘 다일 수도 있겠으나 그는 사람처럼 노래하다, 목이 쉬어버린 바람처럼 흔들리듯 노래할 뿐이었다. 그는 성적이 잘못 나온 학생처럼 침울하기도 하고, 때로는 학교를 등진 시인 랭보처럼 노래한다. 그의 하모니카는 불꽃처럼 너울거리고 그의 기타는 강물처럼 흐른다.

딜런, 포크록이라는
바다를 발명하다

딜런은 포크록의 창시자다. 그는 1962년, 데뷔 앨범 〈Bob Dylan〉으로 모던 포크의 새로운 지평과 새로운 광야를 열어나간다. 이윽고 2집 앨범에서 〈Blowin' In The Wind〉로 세계의 방황하는 모든 정신적 노숙자들, 마음의 방랑자들을 위한 거처를 마련한다. 그리고 3집 〈The Times They Are A-Changin'〉부터는 포크록을 시도한다.

포크Folk는 지적인 자기 성찰이 있다. 관조의 시선이 있고 어쿠스틱 통기타의 자연주의가 있다. 그것이 포크의 스타일이고 생래적인 것이다. 이는 양심과 양심 회복과 관련된 것이다. 즉, 깨끗한 정신과 행동으로 세계에 폐를 안 끼치고 살아가고자 하는 생존방식일 수 있다. 그로 인해 저항의 도덕적 토대를 스스로 구축한다고 말해도 좋으리라.

록Rock은 야성적 저항의 본능이 있다. 일종의 내 영역을 침범하면 가만 놔두지 않겠다는 으르렁거림이 있고, 이미 침범당했다면 그 상처를 울부짖으며 그 상처를, 그 육체적 정신적 상실을 회복하기 위해 록은 싸움을 건다. 자신의 가슴팍을 두들기고 헤드뱅잉하면서 도저히 이해 못 하고 수긍할 수 없는 상황을 몹시, 세차게 대차게 개선하고자 하는 것이다.

록은 양보가 없다. 그것은 원 웨이 티켓 같은 것이고, 외나무다리 건너기 같은 것이다. 즉 권력의 전용도로에 록은 뛰어드는 것이다. 왜냐하면 그 길은 록의, 개인의, 영혼의 고유의 오솔길이었기 때문이다. (미국 뉴욕의 반듯반듯한 두부모 같은 도시에서 유일하게 곡선의 길이 있다. 그것이 브로드웨이인데 그 길은 예전 인디언들의 길이었다.)

그 오솔길의 산책과 숲의 향에 탐닉하는 신선한 자유의 아름다움을 권력은 통제하고, 대체적으로 말이 많고 이빨만 깐다. 그리고 모든 것은 너를 위해서라고 살살 꼬여대기 시작한다. 따라서 권력은 대개 내일은 좋아질 거라고 모레는 더 좋아질 것이고, 글피에는 대박이라고 거짓말한다. (딜런은 미네소타 시절에 이미 가장 중요한 것은 지금, 현재라고 말해왔었다.) 좋아지는 건 권력의 생활뿐인데도 말이다. 그 뒤에는 경찰, 검찰, 군대가 있다. 지금 이 얘기는 지구상의 특정 국가적 권력 태도에 대해서만이 아니라, 역사적 맥락에서 권력 생태계에 대한 광범위한 지적이다.

아무튼 니체가 말했듯 내성적인 사람은 자기 자신을 속이고, 외향적인 사람은 세상을 속인다. 록은 모든 걸 수용하며 살아가던 비권력자, 오솔길 산책자의 삶의 길이 사라졌음을 깨닫고, 분연히 떨치고 일어나 일렉트릭 기타를 쥐고, 동물원에 갇힌 맹수처럼 날뛰며, 그래서 스스로 길 끝나는 곳에 마련된, 오래전 어느 시인이 고안해낸 무대라는 광대의 거처에 올라, 하루저녁 두 세 시간의 콘서트를 통한, 개인과 사회의 자유를 잠시 회복하고자 하는, 마치 무대라는 수족관에 갇혀, 리듬이라는 유리벽에 지속적으로 머리를 부딪힐듯, 아슬아슬 자유라는 바다를, 그곳 어딘가에 있을 평화라는 섬을 향해, 또 도전하고 도전할 뿐인 것이다.

이것이 허무하다고? 그렇지 않다. 그 이유는 날아갈 수 없는 지느러미로 인해, 부딪힐 수밖에 없는 수족관의 물고기들은 갈 수 없다는 허무를 딛고, 또 다시 반드시 갈 수 있다는 희망을 안고, 무대라는 수족관에서, 자유라는 바다를 향해, 또 다시 희망을 연습한다. 이것은 어쩌면 시시포스의 신화를 재연하는 셈이기도 하다.

모든 것은 허무하다. 그것은 공적인 권력이 사적인 권력이라는 비상식적, 몰상식적 폭력을 휘두르며, 감언이설로 정신적 고문을 끝없이 자행하지만, 그들 또한 우주라는 수족관 안의 폭력배, 지위고하를 막론하고 잡범들에 불과하기 때문이다. 한편 진정 다행인 것은 아직 인류는 노벨권력상, 노벨폭력상, 노벨부정부패상, 노벨청탁상, 노벨 김영란법 위반상, 노벨전쟁상 등을 만들지 않고 있기 때문인 것이다. 조금 장황했으나 밥 딜런의 포크록을 얘기하고자, 그 두 가지 음식 재료, 포크와 록을 도마 위에 올려놓고, 이제 밥 딜런의 포크록이 무엇인지 좀 더 얘기하고자 한다.

포크가 설탕과 우유가 빠진 고독한 블랙커피라면, 여기에 록이라는 위스키를 살짝 부어 넣게 되면 아이리시 커피라는 포크록이 탄생한다. 포크가 피해자의 피해 진술서라면 록은 어느 날 그 피해 진술서를 찢어버리고, 법 대신 주먹으로 해결까지야 안 하지만 꽉 쥔 두 주먹을 하늘로 치켜들고 부르르 떨거나, 종로에서 뺨 맞고 한강 가서 삿대질 정도는 해대는 행동이다.

포크가 약간 혹은 어느 정도의 자폐가 있다면 록은 많은 청중을 요하는 사회성, 대중성 강한 음악이다. 이 둘을 섞음으로써 밥 딜런은 내밀한 자신의 다락방과 광장과 운동장에 운집한 강력하고도 대규모인 대중성을 획득하게 되는 것이다. 부처를 만나면 부처를 죽이라는 불가의 선지식이 있다. 딜런은 로큰롤을 하려다가 우디 거스리를 알게 되면서 갑자기 로큰롤이 싱거워진다. 그로 인해 우디 거스리 노래만 하는 날들이 꽤 있었다. 그러나 누군가 창작을 권했고, 곡을 쓰면서 자신의 운명을 만나게 되고 알게 된다. 신의 작업을 자신이 하는 것이고, 그 작업은 우디 거스리가 해오던 것이고, 신과 우디 거스리가 어느새 자신에게 그 작업을 맡긴다는 영감의 언어를 체험하고 받아들인다.

그 이후 두 장의 포크 음반을 발표한 딜런은 3집에서 포크록을 시도한다. 속속들이 익어 향긋한, 햇과일 같은 포크록은 결국 1965년의 〈Highway 61 Revisited〉였다. 그러나 딜런은 성공한 포크록에 머물지 않는다. 성공을 만나면 성공을 죽인 것이다. 부처를 만나 거기 머물면 허상에 매달린 꼴이 되듯이, 성공 또한 거기 머물면 허상에 매달리는 꼴이 되기 때문이다. 오직 움직이고 행동하며, 나아가고 사랑하며, 끊임없이 허상이라는 양파껍질을 벗어던져야 하는 것이다.

그래서 딜런은 로큰롤도, 포크도 벗어버렸고, 포크록도 필요한 순간이 오자 벗어버리고 컨트리 뮤직으로 선회했던 것이다. 장르에 갇히는 순간, 성공에 갇히는 순간, 장르에 머무는 순간, 성공에 머무는 순간, 그 당사자는 곧장 이끼가 끼고, 녹슬기 시작하고, 쉰내가 난다. "내 혈관 속에 야생화의 향기를 스며들게 해달라"고 했던 밥 딜런은 그러지 않았다. 머물러 갇히지 않았다. 그는 로큰롤을 만나면 로큰롤을 죽이고, 포크를 이루면 포크를 떠나고, 포크록이 성공하면 포크록에서 벗어났던 것이다.

물론 컨트리 뮤직도 마찬가지였고, 가깝게는 블루스라는 뿌리로 돌아갔던 시절 또한 마찬가지였다. 2016년에 발표한 앨범 〈Fallen Angels〉에서 전해져오는 마이애미 해변의 태양에 타버린 해바라기 향 같은 사운드 혹은, 어렴풋한 하와이안 웨딩 사운드 같은 음악도 그는 머잖아 또 벗어던지고야 말 것이다. 그는 이루는 순간에 거기서 벗어난다. 평범한 뮤

45

지션이라면 저작권 계산을 하고, 적당히 인기를 즐기고 말테지만 그는 그러지 않았다. 늘 거기서 벗어나 새로운 광야와 황무지의 폐허와 공허를 찾았다. 그 텅 빈 공간만이 그가 그의 시를 문신으로 새겨 넣을, 그의 시어를 깃발처럼 휘날리게 하는 위대한 현장이기 때문이다.

아무튼 밥 딜런으로 인해 포크록이 지구촌 최초로 발명됐다. 그리고 비로소 포크라는 정신이 록이라는 육체를 얻은 것이다.

Song To
Woody

1962년의 1집 데뷔앨범에 수록됐던 노래 〈Song To Woody〉
는 밥 딜런이 가장 존경했던 선배 싱어송라이터 우디 거스
리에게 바쳐지는 헌정곡이다. 딜런은 뉴욕에 와서 정기적으
로 우디 거스리Woody Guthrie를 찾아갔다. 우디는 뉴저지 모리
스타운의 그레이스톤 병원에 입원 중이었다. 뉴욕에서 한 시
간 반쯤 버스를 타고 가야 하는 곳이었다. 우디는 딜런이 사
오는 담배 선물을 기다렸다. 딜런은 우디에게 많은 사람들
을 감동시켰던 우디의 노래들을 불러주었다. 〈Dusty Bawl

Blues〉같은 노래들이었다. 밥 딜런은 우디의 목소리는 미국을 대표하는 영혼이라고 생각했다. 그러나 우디는 병원에 입원 중이었다. 몸도 마음도 다 아팠다. 우디는 딜런에게 자신이 작사만 해놓은 곡을 새로 작곡해도 좋다고 권했다.

밥 딜런은 우디가 알려준 대로 그 가사들이 존재하고 있는 우디의 집을 방문했지만 그냥 돌아오고 만다. 그리고 훗날 우디 거스리에 대해서 이런 헌사를 바친다.

"내가 알고 있는 가장 위대한 우디, 그는 가장 성스러운 사람이고 가장 경건한 사람이다."

그러나 밥 딜런만 우디 거스리를 좋아했던 건 아니다. 〈Hurdy Gurdy Man〉, 〈Mellow Yellow〉, 〈Season Of The Witch〉 등을 노래한 영국의 포크 싱어 도노반Donavan Phillip Leitch 또한 우디 거스리의 경배자이기도 하다. 도노반은 1946년생으로 밥 딜런보다 5살 아래였고, 음반 데뷔는 1965년으로 3년 후배가 된다. 아무튼 밥 딜런이 자유라면 도노반은 낭만이었다. 우연한 기회에 도노반은 무대가 아닌 사적인 자리에서 밥 딜런을 위해 노래한다. 그러자 밥 딜런은 답가로 자신의 노래 〈It's All Over Now Baby Blue〉를 노래했는데, 도노반은 이 우연한 추억을 굉장히 소중하게 생각했다고 한다.

딜런이 자신의 노래를 들어준 것이 특히 좋았고 그 순간 말은 필요 없었다고 회고한다. 그리고 도노반에 대해서 음악평론가들이 영국의 밥 딜런이라고 한데 대해서 도노반은 "나쁘진 않다. 하지만 그보다는 스코틀랜드의 우디 거스리란 표현이 더 낫지 않을까!"라고 웃어 보였다. 그리고 딜런과 자신은 서로를 위협한 적이 없다고 했다.

이쯤에서 우디 거스리를 살펴보자. 우디 거스리는 미국 모던 포크의 아버지이고 뿌리다. 그 뿌리에서 밥 딜런이라는 탐스러운 기둥이 불쑥 솟아올랐고, 딜런의 모던 포크는 세계의 타는 목마름에 대해 수액을 제공해왔다. 우디 거스리는 자신의 기타통에 'This machine kills fascists'라고 써 붙이고 노래했다. 그는 의도적인 멋이나 이미지 창출을 위해 애쓴 적이 없다. 그는 비극과 고통의 현장의 다급한 호소에 귀 기울이기 위해 L.A에서 뉴욕까지 미대륙 횡단 여행을 한다. 그 과정에서 그는 미국의 하층민들과 최하층민들의 삶에 주목한다. 그 결과가 집약된 한마디가 바로 'Dusty Bowl'(먼지투

성이 그릇)이다. 즉. 먹을 게 없어서 그들의 투박하고 낡고 흠이 많이 간, 싸구려 음식 그릇에 먹을 것 대신 먼지만 뿌옇게 잔뜩 쌓여 있다는 직시였다. 그래서 우디는 1940년 빅터 레코드를 통해 〈Dusty Bowl Ballads〉 앨범을 발표했고 여기엔 〈Talkin' Dusty Bowl Blues〉 등의 15곡이 수록된다.

LA에서 사투리체의 칼럼으로 사회문제들에 대해 풍자하던 우디 거스리는 결국 뉴욕에 도착하기까지 많은 노래들을 만들고, 조그만 위스키 바나 선술집 등에서 노동자, 방랑자들 속에서 노래한다. 우디의 생각에 그 가난의 내밀한 고통은 그 어떤 뉴스보다도 더 화급하게 알려야 할 속보에 속했다.

딜런은 이런 우디의 시선과 행동에 영향을 받았다. 그러나 딜런은 미대륙 횡단이라는 탐사보도적 접근 대신에, 그리니치빌리지의 거리와 라이브 무대가 있는 커피 하우스와 한낮이면 그가 빈번하게 찾던 뉴욕시립도서관의 오래된 신문 뭉치를 통해 앞으로 자신의 음악이 나아갈 방향을 모색한다. "역사는 같은 패턴의 반복이며 나는 그 역사 속에서 너무 많은 전쟁이 있었다는 것을 스물한 살에 알아버렸다."

의미 있는 밥 딜런의 음악적 태도는 또한 우디 거스리의 영향이 가장 컸다. 우디 거스리는 기타는 물론 하모니카와 피들, 만돌린까지 연주할 수 있었다. 마틴 기타와 깁슨 기타를 애용하던 우디는 그 기타를 들고, 자신의 대표곡 〈This Land Is Your Land〉(한국에서는 양병집이 〈이 땅은 너와 나의 땅〉이라는 번안곡으로 발표한 바 있다)를 만들고 불렀다. 그 노래는 가난한 미국인들, 억압받는 여성들 바로 당신들이 이 땅의 주인이라는 민주주의 찬가였다.

우디는 밥 딜런을 필두로 쟈니 캐쉬, 브루스 스프링스틴, 톰 팩스턴, 피트 씨거, 존 멜런캠프, 제리 가르시아 등에게 깊은 인상을 주었고 그의 영향을 끼쳤다. 우디는 순박한 사람들이 많이 산다는 오클라호마의 소박한 통나무집에서 태어났고, 평생 세 번의 결혼을 했다.

빈센트 반 고흐가 〈감자 먹는 사람들〉과 〈슬픔〉을 그렸듯이 우디 거스리는 미국의 고통받는 가난한 사람들을 노래했다. 바람처럼 허무하게, 덧없이 무의미하게 사라져가는 사람들을 주인공으로 한 미국판 〈감자 먹는 사람들〉과 〈슬픔〉을 그는 그려냈던 것이다. 기타와 목소리와 하모니카로 구두닦이 앞에서도 노래했고 카우보이모자나 빵떡모자를 쓰고 노래했다. 우디는 담배를 비스듬히 꼬나물고 모자챙을 치켜올린 채 한없이 자유롭고 당당한 포즈로 노래했고 훗날 딜런의 사진에서도 그런 포즈를 발견할 수 있다.

우디는 사람으로 태어나 가축처럼 일하고 가축처럼 죽어가는 쓸쓸하고 씁쓸한 사람들을 위해 노래했고, 그 음악정신은 스스로 시인 음악가라고 일찌감치 자처했던 밥 딜런으로 하여금 "나는 나 자신을 시인으로 생각한다. 그리고 둘째는 음악가로 생각한다. 그래서 나는 시인으로 태어나 시인으로 죽어갈 것이다. 나는 처음부터 끝까지 신의 작업을 해나갈 뿐이다. 이것이 내가 말할 수 있는 모든 것이다."라고 말할 수 있게 되는 영감의 제공자였다. 그렇다. 천재는 천재에 의해 점화되고 영혼은 영혼에 의해 점화되는 것이 바로 이들, 우디와 딜런의 영적 관계인 것이다.

우디는 야윈 얼굴, 야윈 어깨, 야윈 가슴팍을 가졌고 들풀처럼 작은 바람에도 흔들렸고 그만큼 아니 그보다 더 민감하게 권력의 바람을 감지했고, 반응했고, 저항했고, 가난한 사람들에게 축복 대신 끊임없는 질서만을 강요하는 권력의 멱살을 잡아 몹시 흔들어댔던 것이다. 우디는 배고픈 위와 장에 음식 대신 자주 싸구려 위스키를 부었다. 모던 포크 거장으로서의 빈센트 반 고흐적 생존 방식이었다.

우디는 자신의 기타가 무기라고 했으나 현대미술의 거장

피카소 또한, 일찌감치 자신의 그림을 무기라고 했다. 인류의 정신문화를 말살하고, 훼손하고, 압제하고, 모욕을 가하고, 물거품으로 만들려하는 광범위한 모든 권력과의 싸움을 위한 무기라고 했다. 그래서 자신의 그림에 섣불리 손을 대면, 자신의 그림은 면도날로 그려졌기 때문에, 손바닥과 손가락을 베일 것이라고, 역시 또 일찌감치 그리고 친절하게 경고했었다.

그런가 하면 피카소는 또한 자신은 그림으로 성공하고 싶다고 말했었다. 이는 "내 귀는 소라껍질, 바다의 소리를 그리워한다"라는 짤막한 시 「귀」를 노래한 프랑스의 작가 장 콕토가 말했던 "재주 없는 예술가야. 너의 가난을 자랑하지 말아라." 그 얘기와도 상통할 수 있겠다. 피카소는 "자신을 위해서 가족의 생존을 위해서 성공하고 싶다."고 했다. 그러나 대부분의 화가들이 일단 성공하기 위해 자신의 꿈과 자유를 포기하거나 유보한 채, 유행을 따르고 팔리는 그림을 그리는 경우가 많은데, 자신은 그런 일체의 양보나 어리석음 대신에, 오롯한 피카소 본인의 꿈과 자유를 춤추고 노래하는 그림으로만, 그 성공을 이룰 것이라고 선언한 바 있다. 즉, 피카소로 태어나 피카소로 성공하고 싶을 뿐 그 어떤 돈의 노예, 명성의 노예, 인기의 노예가 되진 않겠다는 얘기였다.

누군가는 밥 딜런을 비난한다. 민중가수라면 가난하게 살아야 하는데 딜런은 말리부 해안에 저택이 있고, 돈이 너무 많다는 것에 시비를 거는 이들이 있다. 그러나 그에 대해 이렇게 나는 해석한다. "우디 거스리가 빈센트 반 고흐라면, 밥 딜런은 피카소다."

딜런은 미네소타의 히빙 고등학교를 18살에 졸업한다. 그는 어느 날 수업시간에 자신의 수첩에 간직된 자신의 사진 밑에 이렇게 썼다. "나는 리틀 리처드를 따라갈 것이다." 리틀 리처드는 흑인 R&B 가수로 피아노를 두드리며 요란한 괴성, 기성, 함성, 고성을 있는 대로 다 뿜어내고 쏟아내는 스타였다. 말하자면 딜런의 10대는 풍요로운 로큰롤 영향을 받으며 성장해나가던 시기였다. 그래서 딜런은 10대 시절 'The Golden Chords'라는 스쿨 밴드에서 피아노를 치며 노래했다. 하지만 운명은 딜런을 위해 리틀 리처드 말고도 엘비스 프레슬리와 우디 거스리까지 만나게 했던 것이다.

나는 21살의 목소리로 노래한 밥 딜런의 〈Song To Woody〉(62년 오리지널 버전)를 듣는다. 중저음의 탄식 같은 읊조림으로 시작된다. 하지만 이내 음계의 사다리를 밟고 음

악이라는 집의 지붕 위로 올라간다. 우디에 대한 연민과 열
망과 존경을 위한 상승이다. 〈Song To Woody〉는 혼잣말처
럼 외롭지만 순수하다. 아득하고 드넓은 하늘을 나는 독수리
의 비행 같다. 끝없는 광활함 속에 울려 퍼지는 흑인 영가 같
다. 아픈 역사의 흑인 블루스 그 자취와 가스펠의 그림자가
깃든, 그래서 울면서 씨 뿌리러 나가는 자의 고단함이 깨끗
한 향기로 번져온다.

　헤이, 우디 거스리, 당신에게 바치는 노래를 썼어요
　다가오는 이 우습고 낡은 세상에 대해
　병들고 배고프고, 지치고 미어지는 것 같아
　마치 죽어가는 것처럼 보여, 사실 태어나지도 않았는데
　Hey, hey, Woody Guthrie, I wrote you a song
　'Bout a funny ol' world that's a-comin' along
　Seems sick an' it's hungry, it's tired an' it's torn
　It looks like it's a-dyin' an' it's hardly been born

　　　　　　　　　　　　　　　- 〈Song To Woody〉 중에서

미쳐버린
존 해먼드

밥 딜런은 약간의 돈을 건네받고, 뉴욕의 '리드 음악출판사'
의 대표이자 재즈 피아니스트였던 시카고 출신의 루 레비Lou
Levy가 내민 저작권 계약서에 사인한다. 그 즈음 딜런은 그리
니치빌리지의 '카페 와Cafe Wah'에서 노래하고 있었다. 컴컴
한 지하 카페였고 밤새도록 하는 카페였고, 낮부터 밤까지
라이브 무대가 열리는 곳이었다. 그곳은 사랑을 잃어버린 가
수들의 연가와 권력을 비웃는 젊은 예술가들의 한판 굿당이
었다.

하지만 딜런이 처음부터 노래를 할 수 있었던 것은 아니었다. 그가 오디션을 보러갔을 때 한 가수가 자신의 무대에서 하모니카 반주를 해줄 것을 요청했다. 그래도 딜런은 나쁘지 않았다. 아니 오히려 좋았고 기뻤다. 더 이상 뉴욕의 겨울 거리에서 추위에 덜덜 떨지 않아도 됐기 때문이었다. 더구나 이따금 '카페 와'의 주방장은 딜런에게 음식을 주었다. 그렇게 딜런의 음악이 시작되고 있었다. '카페 와'는 다른 연주자들도 많았던 활기찬 곳이었다. 연주자들은 대개 10분에서 20분 정도 스테이지를 갖곤 했다. 다른 연주자들 중에는 홍대 앞 버스킹의 원조라고 할 수도 있는 거리의 시인 문독 Moondog도 있었다. 문독은 주로 52번가와 55번가에서 트림바라는 타악기를 연주하며 노래했고, 바이킹 모자를 쓰고 시낭송을 했다.

'카페 와'에서 딜런은 때를 기다리며 곡을 쓰고 기타를 쳤다. 밥 딜런은 지금 이 세상이 어떤 세상인지에 대해 얘기하고 싶었다. 그는 잠을 잘 때도 기타를 옆에 놓고 잤다고 한다. 문득 자다 깨서 바로 기타 연습을 할 수 있기 위함이었다. 정말 손가락에서 피가 날 정도로 연습했다고 한다. 이랬던 무명 시절의 밥 딜런은 그리니치빌리지의 모든 카페에서 최소

한 한 두번은 노래를 했을 정도였다.

　이후 딜런은 어느 날 '카페 와'를 그만둔다. 대신에 민속학센터를 드나들기 시작했다. 그곳에는 구하기 힘든 옛날 포크송 음반들이 많이 있었다. 그곳에선 악기도 판매했고, 딜런은 민속학센터에서 스폰지가 물을 빨아들이듯이, 그리고 굶은 사람이 음식을 흡입하듯이 열정적으로 옛 음반들을 듣기 시작했다. 그밖에 여러 가지 음악서적들도 읽어나갔다. 그리고 또 하나 중요한 일이 민속학센터에서 생겨났다. 뉴욕에서 가장 위대한 라이브 카페 '개스 라잇Gas Light'의 대표가수 밴 로크를 만나 〈Nobody Knows You' Where You're Down&Out〉를 들려주었고, 그 인연으로 개스 라잇의 가수가 된다. 행운이 찾아왔고 운명이 전개되기 시작한 것이었다.

　딜런에게 있어 개스 라잇은 물고기가 물을 만난 것과 다름없었다. 개스 라잇에 흐느끼는 목소리를 가졌고, 마치 일렉트릭 기타인양 통기타를 쳐대며, 뉴욕의 밤하늘을 향해 울부짖는 늑대의 외침 같은 하모니카를 부는, 포크 싱어가 나타났다는 소문이 퍼져나가는 데는 그리 오랜 시간이 필요하지 않았다. 더구나 개스 라잇은 음반사 프로듀서들이 신인 뮤지션을 발굴하기 위해 자주 찾는 곳이었다.

그로 인해 딜런은 존 해먼드John Hammond라는 메이저 프로듀서를 만난다. 존은 뉴욕의 사계절을 꽤 많이 겪어온 프로듀서였고, 그런 가운데 브루스 스프링스틴, 베니 굿맨, 레너드 코헨, 테디 윌슨, 카운트 베시, 피트 시거, 조지 벤슨, 아네사 프랭클린, 스티비 레이 본 등을 성공시킨 명장이었다. 존 해먼드는 홍보 담당자에게 밥 딜런의 홍보자료를 위한 인터뷰를 지시했고 그 인터뷰에서 딜런은 자신은 부모에게서 버림받았고, 화물열차를 타고 뉴욕에 도착했다고 말한다. 그것은 거짓말이 아니라 밥 딜런의 환상 즉, 'Bob Dylan's Dream'이자 'Bob Dylan's Blues'였다.

　존 해먼드가 개스 라잇의 밥 딜런과 계약해 콜롬비아 레코드에서 음반녹음을 하고 음반을 발표할 예정이라고 그리니치빌리지에 소문이 퍼지자, 사람들은 한결같이 "미쳤군." "돌았군." "존도 잘 나가더니 끝나가는군." 하며 걱정 반 조롱 반이었다. 심지어 존 해먼드는 밥 딜런조차도 자신을 미쳤다고 생각했던 것 같다고 회고한 바 있다. 그러나 밥 딜런은 이미 운명을 따라 세상 속으로 걸어나가는 중이었고, 존 해먼드는 그 이야기들을 세상에 널리 알렸던 것이다.

손석희가 초대한
밥 딜런

JTBC로 이적해 화제를 모았던 손석희 아나운서는 2013년 9월 16일, 〈뉴스 9〉 첫 방송에서 밥 딜런의 음악을 틀었다. 그가 튼 노래는 정확히 말하면 영국의 싱어송라이터인 필 콜린스Phill Collins가 리메이크한 밥 딜런 원곡의 〈The Times They Are A-Changin'〉였다.

밥 딜런의 〈The Times They Are A-Changin'〉는 시간의 커튼을 찢는 듯한 하모니카 사운드, 그것은 딜런의 입술이 하모니카 위를 누비며, 키스하며, 하모니카의 바람 구멍 그

빈 공간의 허무를 삼킬 듯 흡입하며 시작된다.

이어서 '귀를 위한 시' 그의 노랫말을 싣고 그의 목소리가 들려온다. 딜런의 목소리는 찌푸린 뉴욕 하늘같다. 마치 넋두리하듯, 혼백을 달래듯 그렇게 노래한다. 그야말로 읊조리는 음유시인의 멋이 가득하다.

펜으로 예언하는 작가와 논객이여
눈을 크게 뜨세요, 기회는 다시 오지 않으니
섣불리 지껄이지도 마세요, 세상은 돌고 도는 법이니
오늘의 패자가 내일의 승자가 될지는 아무도 모르는 법
시대가 변하고 있으니까
Come writers and critics
Who prophesize your pen
And keep your eyes wide
The chance won't come wide
And don't speak too soon
For the wheel's still in spin
And there's no tellin' who that it's namin'
For the loser now will be later to win

For the times they are a-changin'

국회의원, 정치인이여, 귀를 좀 여세요

문 앞을 가로막지도, 강당을 봉쇄하지도 마세요

문을 걸어 잠그는 자들이 상처 입게 될 테니

바깥세상의 싸움은 점차 뜨거워지고 있으니

곧 창문을 흔들고 벽을 두들길 것입니다

시대가 변하고 있으니까

Come senators, congressmen

Please heed the call

Don't stand in the doorway

Don't block up the hall

For he that gets hurt

Will be he who has stalled

There's a battle outside and it is ragin'

It'll soon shake your windows and rattle your walls

For the times they are a-changin'

— 〈The Times They Are A-Changin'〉 중에서

〈The Times They Are A-Changin'〉은 1964년에 발표된 밥 딜런의 3집 정규 스튜디오 앨범을 통해 발표된다. 녹음은 1963년 8월부터 가을까지 진행됐고, 프로듀서인 톰 윌슨Tom Wilson은 밥 딜런의 전성기인 63년부터 65년까지 즉, 〈Blowin' In The Wind〉부터 〈Like a Rolling Stone〉 등의 앨범들에 참여했다. 〈The Times They Are A-Changin'〉은 앨범 차트 영국에서 4위, 미국에서 20위를 한다. (이 노래가 발표된 1964년 미국 의회에서는 흑백인종 차별 철폐를 위한 민권법이 통과된다.)

영국에서의 보다 더 뜨거운 반응과 인정은, 미국에서 밥 딜런의 음악적 가치를 인정하고 받아들이게 하는 데 도움을 주었다. 미국은 음악의 가치를 판단함에 있어서, 어딘가 모르게 영국 눈치를 본다. 영국의 판단을 자신들 스스로의 판단보다 더 신뢰하는 듯한, 그런 면모는 적지 않았다. 그래서 블루스의 왕 비비 킹B. B. King도 이런 얘길 했었다. "블루스 맨들은 너무 힘들었습니다. 하지만 영국에서 먼저 블루스를 받아들이고, 좋은 음악이라고 인정하기 시작했습니다. 그러자 미국에서도 '아, 이게 원래 우리 건데 좋은 거구나!'하기 시작했고, 그때부터 블루스 맨들의 삶이 나아지기 시작했습니다. 그래서 영국 사람들이 항상 고맙죠. 하하."

지미 헨드릭스Jimi Hendrix도 미국에서 먼저 인기를 얻은 게 아니라 영국의 록 블루스 밴드 애니멀스Animals의 건반 연주자 찰스 챈들러가 확신을 갖고, 지미 헨드릭스의 공연을 영국에 초대한 이후부터였다. 이뿐만이 아니라 에바 캐시디Eva Cassidy 또한 사후에 영국에서 100만 장의 음반이 팔리며 차트 1위를 했고, 전 유럽으로 그 열풍이 불어가자, 뒤늦게 미국에서도 에바 캐시디가 확실한 자리매김을 하게 된다.

손석희는 〈The Times They Are A-Changin'〉을 방송 내보낸 이후, 그 이튿날 또 다시 밥 딜런 원곡의 〈My Back Pages〉를 포크록 밴드 아메리카America 버전으로 내보낸다. 나는 이 곡을 유튜브에 올라와 있는 '밥 딜런과 그의 친구들Bob Dylan&His Friends' 버전으로 보았다. 무대에는 닐 영도 보이고, 에릭 클랩튼도 보인다. 조지 해리슨도 있고, 톰 페티, 로저 맥권 등이 보인다.

한국으로 치면 김민기, 한대수, 서유석, 양병집, 신중현 등이 함께 서는 무대다. 글쎄. 모르긴 해도 한국에서는 이루어지기 힘든 무대다. 한국은 아직 멀었다. 가수들이 멀었다는 게 아니라 그런 시스템이나 전통이 너무 희박하다는 얘기다. 언젠가는 이뤄지겠지. 도적처럼 그날이 올 것이다.

〈My Back Pages〉의 마무리는 역시 밥 딜런이다. 결코 달콤하지 않다. 딜런은 짙은 에스프레소를, 광야에서 독배 마시듯 그렇게 노래한다. 아니 운다. 간주에서 닐 영의 일렉트릭 기타가 또 가슴을 후벼 판다. 그는 중력에서 벗어나기 위해 캥거루처럼 뛰어오른다.

손석희는 〈My Back Pages〉을 내보낸 이후로도 아델의 〈Make You Feel My Love〉를 들려주었는데 아이러니하게도 이 곡도 밥 딜런의 원곡이었다. 그는 누군가의 목소리를 빌어 밥 딜런의 메시지를 전하고 싶어 했던 것이 분명하다. 수십 년 전의 밥 딜런의 메시지는 지금도 유효한 것일까?

비바람이 스칠 때나

세상의 짐이 너무 버거울 때

내가 당신을 따뜻하게 감싸줄게요

당신이 나의 사랑을 느낄 수 있도록

When the rain is blowing in your face

and the whole world is on your case

I could offer you a warm embrace

to make you feel my love

땅거미가 지고 별은 떠오르는데

당신의 눈물을 닦아줄 사람 곁에 아무도 없을 때

내가 당신을 백만 년 동안이라도 안아줄게요

당신이 내 사랑을 느낄 수 있도록

When the evening shadows and the stars appear

And there is no one there to dry your tears

I could hold you for a million years

to make you feel my love

— 〈Make You Feel My Love〉 중에서

딜런의 원곡과 아델의 리메이크 〈Make You Feel My Love〉을 각각 들어보면, 아델은 허탈을 표현하지만 딜런은 허탈을 바라보는 하나의 시선과도 같다. 아델은 감정을 만들어나가지만, 딜런은 감정 너머에 영원을 바라본다. 시정詩情의 통로, 딜런은 무거운 삶의 허탈을 끌어올린다. 그리고 따스하게 바라본다. 그러다 이윽고 문득 앙칼지다.

이쯤에서 영국 웨일즈 스완시 출신의 시인 딜런 토마스 Dylan Thomas로 넘어가보자. 딜런 토마스는 목소리가 굉장히 좋았다. 그래서 1950년 첫 미국 시 낭송 콘서트 때 반응이 너무 뜨거워 결국 그 이후에도 여러 차례 미국을 방문해 시낭송 콘서트를 연다. 아무튼 16살 때 「그리고 죽음이 권세 부리지 못하리라」를 발표한 바 있는 딜런 토마스의 시에 매료된 밥 딜런은 뉴욕에 오기 전, 자신의 본명 로버트 앨런 지머맨을 밥 딜런으로 바꾸게 된다. 여기서 딜런Dylan이란 말은 영국 웨일즈 지방의 옛말로서 켈트족이 쓰던 말이었고, 한국말로 번역을 하면 '물결'이다.

My
Back Pages

A4용지만한 낙엽이 떨어진다. 서울 역사박물관 앞 나무 의자 위에서 가을로 가득 찬 계절의 한복판에서 나는 그 눈물을 본다. 나무의 콘서트는 연두 잎새의 그 연한 빛, 작은 입술로 수줍고도 조심스럽게 시작됐었다. 이윽고 포크록 같은 5월이 등장하고, 록 사운드의 6월과 7월의 하드록과 8월의 하드코어 펑크가 이어진다.

지난 여름 거의 재난 수준의 더위 속에서도 나무들은 노래했다. 푸른 잎사귀들로 이뤄진 수천 수만의 입술들은 바

람의 리듬을 타고 노래했었다. 그러나 이제는 뚝뚝 져버리고
만다. 하지만 나무 잎새의 각각 그 저 마다의 영혼은 가장 작
은 낙엽이라 해도, 단풍 잎새라 해도, 비록 아스팔트에 뒹군
다 해도, 그래서 잠시 후 가을 청소부에 의해 쓰레기가 되어,
쥐도 새도 모르게 버려진다 해도, 나는 그 나뭇잎의 영혼이,
나무의 이야기가 하늘로 승천할 것만 같다.

아름다운 것들은 결코 사라지지 않는다. 바람이 실어다주
고 바다가 안아주고 그래서 모조리 하늘로 올라간다. 그래서
하늘이 푸르른 것이다. 그래서 하늘이 깨끗한 것이다.

그리고 그들은 구름의 플랫폼에 머물다가 문득 비가 되어
이 땅을 적신다. 딱딱하고, 메마르고, 갈라 터진 가슴 위로,
빗방울이라고 오해되는 눈물로 이 땅을 적셔, 다시 살게 하
고 다시 푸르게 할 것이다. 밥 딜런의 〈My Back Pages〉는 바
로 그런 눈물의 이야기다.

하지만 지난날 나는 훨씬 늙어 있었고

지금 나는 그 시절보다 젊지

Ah, but I was so much older then

I'm younger than that now

2부

Once upon a time you dressed so fine
Threw bums a dime in your prime, didn't you?
People called said beware doll, you're bound to fall
You thought they were all kidding you
You used to laugh about
People who were hanging out
Now you don't talk so loud
Now you don't seem so proud
About having to be scrounging your next meal

그리니치빌리지의
무명의 음유시인

리버풀에서 출발한 밴드 비틀즈는 독일 함부르크에서, 무명 시절 하루 7~8회의 공연 무대에 올랐다. 하지만 이때가 진정한 비틀즈였다고 존 레논은 훗날 회고했다. 브라이언 엡스타인을 만나고 〈Love Me Do〉로 데뷔하면서부터 비틀즈는 사라졌다고까지 극언했다. 하지만 진솔한 자기 진단일 수도 있다. 야생마처럼 날뛰며 오직 강력한 분출과 그로 인한 뜨거운 탄식과 눈물의 함부르크의 밤들이었을 테니까 말이다.

그들 역시 세계의 그리고 시대의 알 수 없는 어떤 공포에서 벗어나기 위해 로큰롤 리듬을 타고 절규했을 것이다. 그리고 훗날 그 기억들이 미국 공연 중 밥 딜런을 만나고 나서부터는 소녀 팬들의 함성소리에 모든 비틀즈 사운드와 노래가 묻혀버리고 말았던 그 아이돌 밴드가 아닌, 깊이와 넓이를 추구하는 음악적 모험과 탐험의 길을 걷기 시작한다. 1965년 12월 3일 발표한 6집 앨범 〈Rubber Soul〉에 수록된 〈Norwegian Wood〉(This Bird Has Flown) 등이 바로 그 노래들이었고, 이는 무라카미 하루키의 동명 소설 『노르웨이의 숲』(한국어판 제목은 『상실의 시대』)에 영감을 주었다.

밥 딜런 또한, 비틀즈의 함부르크 시절처럼 뉴욕 그리니치 빌리지에서의 무명 시절이 있었다. 그러나 밥 딜런은 처음부터 팔기 위한 노래와 스타가 되고자 하는 열망에 사로잡혀 청중을 자신의 인기를 확장을 위한 도구로 삼지 않았다. 밥 딜런은 팔기 위해서가 아닌 살기 위해서, 살려내기 위해서 그것이 음악이든 사람이든, 시대이든 미국이든 공포에 짓눌린 가쁜 호흡과 심장이든 심정이든, 그 평화를 위해서 노래했다.

공포의 행태와 행위와 행동과 행적과 행선지와 행로와 그들만의 행복을 바라보면서 말이다. 아주 고요한 시선으로 말이다. 마치 태풍의 눈처럼 말이다.

곱슬머리
딜런

1970년대 초 서울의 '내쉬빌', '쉘부르'와 함께 3대 음악감상
실의 하나였던 명동의 음악감상실 '르시랑스'(불어로 '침묵')
에서의 DJ 오디션을 보러 갔었다. 그때 '르시랑스'에서는 나
를 테스트하기 위해서 누군가 노래 한 곡을 틀어보라고 했
다. 나는 1만 5천 장 정도의 음반을 잠시 둘러보다가 알파벳
B로 시작되는 가수들의 LP가 모여 있는 곳으로 다가갔다. 가
서 내가 골라낸 음반은 〈Bob Dylan Greatest Hits〉 앨범이
었다. 〈Rainyday Woman #12&35〉, 〈Hey Mr. Tambourine

Man〉 등이 함께 수록된 아름다운 LP였다.

원판은 아니었다. 빽판이었다. 전면에는 딜런의 무성한 곱슬머리 옆머리와 하모니카를 부는 옆 입술이 음반 재킷 전체를 커다랗게 장식하고 있었다. 빽판은 인쇄비 많이 드는 컬러가 아닌 단색이다. 원판에 비해 싸구려지만, 그 당시 청계천 빽판 업자들 수준이 높았다. 가수 선정과 음질이 빼어났었다. 이글스의 〈Hotel California〉 빽판 같은 경우 오리지널 원판 보다 음질이 더 뛰어나다는 말에 수긍이 갈 정도였다.

아무튼 푸른 바닷물이 넘실거리는 듯한(빽판 단색을 블루로 처리했기에.) 딜런의 곱슬머리, 그 파도치는 물결의 옆머리가 실루엣으로 떠있는, 그 앨범의 알판을 꺼내 턴테이블에 걸었다. 그리고 〈Positively 4th Street〉 트랙에 바늘을 얹었다. 그리고 플레이 On을 누르자 LP가 문득 은하계의 어느 별 하나가 자신의 궤도를 따라, 정직하게 돌아가듯이 빙글빙글 회전하기 시작했다. 잊을 수가 없다. 넉넉한 볼륨, 명품 테크닉스 턴테이블, 다운타운 DJ들 누구나 꿈꾸는 마란츠 진공관 앰프 그리고 스피커 알텍을 통해 약간 한적한 오후 두세 시경의 음악 감상실 그 어둑한 공간에 쏟아져 내리던 블루 라이트의 그 음악을, 그 소리를, 그 노래를 말이다.

르시랑스 측에서는 내게 멘트도 해보라고 했다. 나는 음악의 볼륨을 높이고, 줄이고를 적절히 반복하면서 그 리듬을 타고 때는 이때다 하고, 마이크를 씹어 먹을 듯, 미친 듯 떠들어대기 시작했다.

'One Man Beatles'라고 하는 천재 음유시인 밥 딜런의 〈Positively 4th Street〉 실제 뉴욕의 어느 거리 이름이죠? 잠시 가사를 살펴볼까요?

넌 꽤나 뻔뻔하게도 네가 내 친구라고 말했지
내가 힘들 때 넌 멀찍이 서서 웃고 있었으면서
You got a lotta nerve
To say you are my friend
When I was down
You just stood there grinning

넌 뻔뻔하게도 날 도우려 했다고 말했지
그저 잘나가는 쪽에 붙고 싶었을 뿐이면서
You got a lotta nerve

To say you got a helping hand to lend

You just want to be on

The side that's winning

지금 네가 네 처지에 만족하지 못하는 걸 알아

그게 내 알 바가 아니란 걸 모르겠니?

And now I know you're dissatisfied

With your position and your place

Don't you understand

It's not my problem

한 번이라도 네가 내 입장이 되어봤으면

한 순간만이라도 내가 네 입장이 될 수 있다면

I wish that for just one time

You could stand inside my shoes

And just for that one moment

I could be you

그래, 한 번만이라도 내 입장이 되어보길 바라

널 만나는 게 얼마나 지겨운 일인지 너도 알게 될 테니

Yes, I wish that for just one time

You could stand inside my shoes

You'd know what a drag it is

To see you

이런 노랫말, 예리하고 날카롭고 속 시원합니다.

여러분 겨울은 왜 춥죠? 그래도 우리에겐 밥 딜런이 있습

니다.

나는 마이크 앞에서 벗어났고 그 이튿날부터 르시랑스

의 DJ로 일할 수 있었다. 밥 딜런의 'Positively 4th Street'는

가사 안에는 등장하지 않는다. 이 노래는 딜런이 무명일 때

는 무시하다가 그가 대성공을 거두고 나자 우연히 만나면,

똥 씹은 표정을 하던 속물들을 향한 노래이다. 노래의 인기

는 캐나다 차트 7위, 영국 차트 8위였다. 앨범 〈Highway 61

Revisited〉(1965)와 〈Blonde on Blonde〉(1966) 사이에 싱글

로만 발표됐었다.

딜런,
당신의 눈동자를 보여주세요

딜런은 곧잘 선글라스를 애용한다. 내 방은 오래전부터 딜런의 기념관이라 해도 좋을 만큼 딜런의 앨범들과 책들과 사진으로 가득하다. 딜런은 자신의 눈썹 위, 이마에 손가락으로 권총부리를 만들어 쏠 듯한 총 겨눔의 몸짓을 한다. 그러나 딜런은 죽지 않는다. 총이 아닌 만지면, 딜런의 심장에서 출발한 따뜻한 피가 도는 손가락이니까. 그 사진에서 딜런은 선글라스를 쓰고 70도 각도로 갸우뚱하고 있다.

딜런은 쌍꺼풀이 진 눈에, 외로운 저항의 눈동자를 갖고 있지만 이따금 그 눈을, 눈썹을 감추곤 한다. 혹은 잔디밭을 뛰어다니다 흥에 겨워 비행기 놀이를 하며, 하늘 나는 기분을 맛볼 때의 밥 딜런의 선글라스도 재밌다.

그런가 하면 스튜디오에서 일렉트릭 기타를 치며 마이크 앞에서 녹음 중임에도 선글라스를 쓰고 노래하는 밥 딜런의 굵은 검은 뿔테 선글라스(언뜻 레이 찰스를 연상시키게 하는 관록과 재즈의 감성도 전해지는)도 괜찮다.

그러나 꽤나 특이한 딜런의 선글라스 컷도 있다. 딜런은 소파에 앉아 구두끈을 졸라매고 있다. 앞에는 말 장화 같은 롱부츠 한 켤레, 그의 등 뒤 선반에는 약간의 종아리를 가릴 만큼의 반장화 한 켤레 그리고 막 끈을 매고 있는 구두는 단화다. 그는 선글라스를 쓴 채 그가 자주 애용하는 담배를 문 채 그리하고 있다.

추운 겨울 뉴욕의 거리를 지나 따뜻한 콜롬비아 레코드사로 막 들어서는 순간을 포착한 1974년의 사진에서의 딜런은 보잉 스타일의 선글라스를 쓰고 있다. 이밖에도 너무 많지만 1966년 프랑스 파리의 포시즌스 조지 V 호텔 앞에서 모터사이클 뒷자리에 올라탄 파파라치 사진가와 승용차 안에서 검은 선글라스를 쓰고 조금은 숨을 듯, 고개를 약간 숙인 채, 어단가로 황급히 쫓기는 느낌의 딜런의 모습도 있다.

그러나 선글라스 타령을 늘어놓는다 해도, 역시 가장 많이 각인된 딜런의 모습은 1994년 11월 18일 소니 뮤직 스튜디오에서의 MTV 언플러그드 콘서트 때(당시 딜런 나이 53세) 선글라스를 쓰고, 흔히 땡땡이라고 일컫는 물방울무늬 셔츠를 입고, 해바라기 빛깔 노란 마틴 기타를 들고, 가슴에는 하모니카를 늘어뜨린 채, 좌 기타, 우 콘트라베이스와 함께 노래하는 순간의 모습일 것이다. 그 모습은 초연하고 외롭다.

늘 그래왔지만 그는 밴드와 함께 있을 때도 어쩐지 혼자 광야에 버려진 느낌이다. 우주의 미아 같기만 하다. 딜런은 어쩌면 저 먼 우주의 어느 별, 딜런이라는 별에서 끊임없이 보내오는 완벽한 실체 같은 홀로그램일지도 모른다. 딜런은 선글라스 속으로 이따금 이렇듯 숨곤 한다. 어떤 장벽처럼, 거대한 바다처럼 딜런은 자신을 바라보는 시선에서 벗어나고자 한다.

그래서 딜런의 선글라스는 분명한 또 하나의 노래다. 그 선글라스라는 노래는 검은 방이기도 하다. 딜런은 그 방 안으로 숨어들어 선글라스라는 창문으로 세상을 바라보곤 한다. 온통 하나의 색깔로 통일돼 보이는 세계를 바라보며, 그래서 모든 소리들! 커피숍 이웃 테이블의 사투리하는 중년 여인들의 대화하는 목소리, 스피커에서 미약하게 미세하게 부유하는 듯한 플랑크톤 같은 소리들, 눈물은 갖고 있으나 울어야 할 이유를 어딘가에서 깜박 잊어버려 당황한 누군가의 내면의 울음소리들, 그리고 뉴욕에서 꽤나 멀리 떨어진 아르헨티나 해변의 파도소리와 그 해안을 끼고 치달리는 묵직한 밤기차 바퀴의 EDM 같은 첫소리, 그리고 센트럴파크 위를 날아가는 새들의 날갯짓 소리들 그리고 딜런의 무명시절 그리니치빌리지 눈 내린 겨울 거리에서 연인 수즈와 함께 걸어갈 때 두 사람의 뽀드득, 뽀드득 눈길 걷는 소리, 또 수즈가 딜런의 팔짱을 끼는 순간 딜런의 가죽점퍼를 스치는 소리 등을 쓸데없이 잃어버리지 않기 위해, 혹은 기억하기 위해, 아니면 문득 바라보기 위해 딜런은 선글라스를 쓴다.

딜런의 사진을 가장 많이 촬영하며 딜런의 이미지를 만들어내는 데 크게 기여한 바 있는 사진작가 다니엘 크레이머 Daniel Kramer는 다양한 상황에서 딜런과 사진 작업을 한 끝에 이런 결론을 내렸다.

"밥 딜런의 눈동자는 '사랑'이었습니다. 딜런의 사진을 촬

영하면서 내가 얻은 최종 결론입니다."

딜런, 그의 눈동자, 눈빛을 가장 많이, 가장 가깝게 그리고
유심하게 바라본 사람만이 할 수 있는 얘기였다.

존 바에즈와
밥 딜런

사실 진짜 무례하고 건방진 것은 정치다. 『내 이름은 빨강』의 소설가, 2006 노벨문학상 수상작가인 오르한 파묵은 정치가 예술에 끼어들면 그것은 마치 영화관에서 한창 영화 보는데 갑자기 의문의 총소리가 나는 것과 같다고까지 했다. 정치는 다수를 위해서 소수를 희생시키기 때문이고, 독재주의는 소수를 위해서 다수를 분노하게 만든다.

그런 정치의 무례와 건방에 대해서 굉장히 강하게 저항한 여가수가 있다. 한때 밥 딜런과 같은 나이, 1941년생이고 연인 사이였던 존 바에즈Joan Baez가 바로 그녀다.

존 바에즈는 영어, 스페인어 등 6개 국어로 30장의 앨범을 냈고, 포크록을 비롯해 팝과 컨트리에서 가스펠 뮤직에 이르기까지 폭넓은 장르의 노래를 섭렵해 왔다. 그리고 비틀즈의 〈Let It Be〉를 비롯해 다른 가수들의 노래들도 많이 불러온 그녀의 히트곡으로는 밥 딜런과 한때 협연했던 캐나다 출신의 더밴드The Band가 노래했던 〈The Night They Drove Old Dixie Down〉, 〈Farewell, Angelina〉, 〈We Shall Overcome〉, 〈Battle Hymn of The Republic〉 등이 있고 한국에서는 〈The River In The Pines〉, 〈Donna Donna〉도 많은 사랑을 받았다. 특히 우드스탁에 참여한 콘서트 경력도 빼놓을 수 없는 그녀의 아름다움이다.

딜런의 〈Blowin' In The Wind〉를 노래해 밥 딜런을 대중적으로 알리는데, 크게 기여한 피터 폴 앤 메리는 주로 양복과 넥타이 그리고 여성 멤버 메리 트레버스는 원피스를 입었다. 하지만 존 바에즈는 늘 청바지에 티셔츠를 입고 크고 작은 무대에 거침없이 나타났다.

뉴포트 포크 페스티벌에 존 바에즈와 밥 딜런은 계속해서 참여한다. 이때의 사진들을 보면, 하얀 손수건을 든 존 바에즈가, 나무 테이블 앞, 나무 의자에 앉아 있는 딜런의 땀을 닦아주고 있다. 그런 가운데 존 바에즈는 생각에 잠겨 있는 눈빛이고, 딜런은 카메라를 쏘아보듯 응시하고 있다. 존 바에즈는 긴 머리에 카우보이모자를 쓰고 있었다. 그러나 둘 사이는 어쩐지 연인처럼은 보이지 않는다. 물론 밥 딜런과 뜨겁게 연애했던 몇 년간의 시간 중, 어느 날 존 바에즈는 딜런에게 결혼을 먼저 청혼했지만, 딜런의 대답을 들을 수는 없었다고 스스로 나중에 말했었다. 아무튼 뉴포트 포크 페스티벌 시절의 딜런에 대해 가장 가깝게 지켜본 존 바에즈는 이렇게 말했다.

"페스티벌에서 밥 딜런은 〈매기의 농장Maggie's Farm〉을 노래했었죠. 정말 시끄러운 노래였습니다. 난 그런 노랠 처음 들었어요."

존 바에즈는 또 이렇게 말했다.

"딜런은 무대 뒷마당에서 빙빙 돌아다녔죠. 그는 내가 그 공간에, 함께 있는 것 따위는 충분히 무시하고도 남았죠. 그

건 아주, 매우 분명했어요."

이렇게 보면 딜런보다 존 바에즈가 더 많이 사랑한 셈이었다. 존 바에즈는 밥 딜런보다 2년 먼저인 1960년 첫 데뷔 앨범을 낸다. 그 음반에는 5분 58초짜리 〈Mary Hamilton〉이 11번 트랙으로 자리 잡는다. 원래 스코틀랜드 민요였던 이 노래의 내용은 다음과 같다. 메리 해밀튼이라는 궁녀가 있었는데 왕의 사랑을 받게 된다. 하지만 왕비의 질투로 메리 해밀튼은 목숨을 잃게 된다. 그러자 메리 해밀튼은 죽기 전의 심경을 이 노래로 남긴다. 그래서 이 노래의 원곡에는 오늘 내가 죽고, 또 다른 메리 해밀튼이 왕의 사랑을 받다가, 또 죽어나가리라는 비통한 심정이 담겨 있다.

이 노래를 한국의 1세대 여성 포크 싱어송라이터이자 매니아들 사이에서 〈불나무〉라는 히트곡을 남긴 방의경이 듣게 된다. (그 시절, 양희은, 이연실, 방의경 등 많은 여성 통기타 가수들은 존 바에즈를 흠모한다.) 그래서 그 노래를 평소 즐겨 듣고 따라 부르곤 했는데, 어느 날 외출했다가 돌아오는 길에 〈Mary Hamilton〉의 멜로디에 자신도 모르게 한국말 가사를 붙이기 시작했다. 그녀는 가사를 잃어버릴까봐 구두도 제대로 못 벗고, 방에 뛰어 들어가 노래를 적었다고 한다. 그 곡이 바로 명가사의 번안곡 〈아름다운 것들〉이었다. 이 노래는 이후 양희은이 불러 많은 인기를 얻었고, 이후 서유석도 이 노래를 불렀다.

밥 딜런보다 데뷔가 2년이 빨랐고 더 먼저 성공했던 존 바에즈는 밥 딜런을 위해 무대를 마련해주기 시작한다. (이 시절의 밥 딜런에 대해서 존 바에즈는 "솔직히 바보 같은 밥 딜런이었어요. 빵떡모자 같은 걸 쓴 키 작은 무명 가수였죠.") 이처럼 초기에 밥 딜런이 존 바에즈의 도움을 받은 것은 본인도 수긍한 사실이다. 하지만 밥 딜런이 〈Blowin' In The Wind〉로 세계적인 명성과 인기를 얻게 되자 그 관계가 역전이 돼서 그 이후엔 밥 딜런이 존 바에즈를 돕게 된다. 하지만 노래란 게 그런 식으로 돕는 건 한계가 있어서, 어차피 무소의 뿔처럼 혼자서 걸어가야 하는 길이라서, 딜런과 존 바에즈의 사이는 차츰 멀어져갔다. 그 이후 밥 딜런이 저항의 가수 이미지를 서서히 벗어나가자 존 바에즈는 좀 더 저항의 노래를 부르라는 메시지를 보내기도 하지만, 밥 딜런은 이미 자신의 확고한 길, 자유를 위한 길을 걸어갈 뿐이었다.

딜런의 노벨상 수상에 대해 존 바에즈는 자신의 페이스북을 통해 "노벨상 수상은 밥 딜런의 영원함을 알려주는 또 하나 단계이고, 저항적이며 세상을 등진 사람 같고 또 예측을 불허하는 이 예술가, 작곡가야말로 노벨문학상이 찾아가야 할 인물"이라고 축하했다. 그리고 또 이렇게 딜런의 능력에 대해서도 평가했다. "딜런의 언어에 대한 재능은 누구도 추월하지 못할 것이다. 내가 60년 동안 부른 그의 노래들이 특별히 감동적이고, 가치가 있는 이유는 그 노래들이 갖고 있는 깊이와 우울함, 분노와 미스터리, 아름다움 그리고 해학이 담겨 있기 때문이다."

나 또한 존 바에즈의 적확한 평가에 동의하고 공감한다. 딜런의 해학에 대해서 말이다. 풍자는 비판이지만 해학은 풍자 후의 따뜻한 악수 같은 말하자면, "너 참 문제야. 하지만 나도 어쩌면 그런가? 우린 왜 그래야 하지?" 같은 연민과 화해가 있는 것이다. 결코 딜런은 몰아세우지 않는다. 그는 판사가 아니다. 풍자의 검사나 단정의 판사가 아닌 것이다. 그렇다고 변호를 하는 신파로 가지도 않는다. 그는 그 모든 역할을 다 해내면서도 신의 눈동자를 갖고 노래할 뿐인 것이다. 그래서 바람만이 아는 대답인 것이다. 보이는 삶이, 사건들이 사실이라면 바람은 보이지 않는 신, 인간 내면의 진실인 것이다.

한때의 옛 연인 딜런을 향해 존 바에즈는 또 이런 말도 덧붙였었다. "딜런의 노래를 부를 때 최고의 희열을 느꼈다. 이런 노래들은 다시 나오기 어려울 것이다."

바나나
향기

1961년 딜런은 사랑스런 여자를 만난다. 17살의 수즈 로톨로였다. 수즈는 출판물에 그림을 그렸고, 뉴욕의 연극판에서 그래픽 디자인 일을 했다. 딜런은 수즈가 일하던 오프브로드웨이off-Broadway 공연을 함께 구경 다니면서 시야를 넓혀나간다. 그리고 수즈의 영향으로 뉴욕 시립미술관에 아침 일찍 가서 고야, 엘 그레코 같은 화가들의 그림을 감상한다. 피카소와 루오도 이때 볼 수 있었다. 특히 행위예술가 레드 그룸스의 작품들을 보며 떠돌이와 경찰관 같은 활력 있는 소재들을 대하며 음악적 영감을 받았다.

그룸스는 도시의 환상을 주물러 자신만의 새로운 그림 속의 도시를 만들어나갔다. 그것은 자동차로 꽉 찬 차도와 빌딩과 그 위의 노란 별들과 바쁨과 개와 함께 산책하는 사람, 골프하는 사람, 반짝이는 가로등 아래 백팩을 메고 걷는 사람, 전광판의 미소 등을 그려나갔다. 그룸스의 그림은 후딱 그린 것 같지만 자세히 보면 그렇지 않았고, 밀집된 듯하면서 텅 비기도 한 그림이었다. 그룸스는 도시를 한 권의 그림책으로 보았다. 그래서 정육점의 매달린 고깃덩어리와 정육점 직원이 고기를 다루는 모습, 과일가게의 과일들을 그려나가며 '나는 이렇게 느꼈는데 이게 뭐지?'라고 그림의 감상자에게 묻는 것 같았다.

딜런은 이때부터 그림을 그리기 시작했고 6권의 화집을 내게 된다. 딜런은 작곡도 시작했다. 월세 60달러에 엘리베이터 없는 3층 방이 그의 몽마르트르 언덕이자, 헨리 데이빗 소로우의 영혼을 충족시켰던 월든의 호숫가이자, 미켈란젤로의 대성당이었다. 수즈는 딜런이 콜롬비아 레코드사에서 첫 녹음을 할 때 곁을 지킨다. 그리고 딜런에게 "태양과 바다의 칵테일, 그것은 영원"이라고 했던 랭보의 시를 소개했고 딜런은 그 중에서 "나는 타자다(Je est un Autre)"라는 시구를 발견한다.

수즈는 〈Blowin' In The Wind〉가 수록된 〈Freew heelin' Bob Dylan〉의 앨범 커버 전면에도 등장한다. 수즈는 두툼한 겨울 코트를 입고 딜런의 팔짱을 낀 채 환하게 웃고 있다. 딜런도 흡족해 보였고 여유로워 보였다. 그러나 수즈의 어머니는 밥 딜런을 너무 싫어했다. 밥 딜런의 신분이 무명가수라는 것이 가장 큰 걸림돌이었다. 결국 수즈는 딜런과 헤어진다.

딜런은 수즈를 만나면 바나나 향기가 났다고 추억한다. 시인 라이너 마리아 릴케가 그의 뮤즈였던 루 살로메를 처음 만났을 때 태양이 걸어 들어오는 것 같았다고 했는데 그런 심정이었다.

밥 딜런이라는
코끼리 만지기

장님 한 사람이 코끼리의 상아를 만지고 말했다. "코끼리는 기다란 무 같이 생겼습니다." 또 한사람의 장님은 코끼리 귀를 만지고 말했다. "코끼리는 곡식을 까불 때 쓰는 키 같이 생겼습니다." 세 번째 장님이 나섰다. 그는 코끼리 다리를 만졌다. "코끼리는 무도 아니고 키도 아닙니다. 코끼리는 절구 공처럼 생겼습니다." 이어서 어느 장님은 코끼리 등을 만지고 평상 같다 했고, 또 어느 장님은 코끼리의 꼬리를 만진 다음 코끼리는 굵은 밧줄 같다, 또 어느 장님은 코끼리 배를 만진

다음 코끼리는 장독 같다고 했다.

이 이야기는 불교 경전 『열반경』에 나오는 이야기다. 옛날 인도의 왕이 진리에 대해 설명하기 위해 6명의 장님에게 코끼리를 만져본 다음 각자 자신이 알고 있는 코끼리를 말해보라고 했던 것이다. 나는 인도의 왕이 아니지만 인도의 왕 스타일로 밥 딜런이라는 코끼리를 지켜보았던 사람들이 그에 대해 했던 이야기를 기록한다.

밥 딜런은 웃긴다. 만약 당신이 그를 알고 그의 노랠 안다면 그가 정말 멋진 농담꾼이라는 알게 된다.

— 비틀즈의 조지 해리슨

어느 날 밥 딜런과 함께 있었다. 그가 턴테이블 위에 LP를 얹고, 다시 그 위에 바늘을 올려놓고 자신의 음악을 틀었다. 그때 내 머릿속에 밥 딜런이 들어왔고, 밥 딜런의 머릿속에는 혁명이 들어 있었다.

— 비틀즈의 폴 매카트니

밥 딜런이 비틀즈의 음악을 모조리 바꿨다.

– 비틀즈의 존 레논

그는 환상의 목소리를 가졌다. 세상을 바꿨고 이어서 컨트리 웨스턴으로 자신의 음악을 바꿨다. 그는 행크 윌리엄스처럼 하얀 옷을 입었다. 그는 모든 것을 바꿨고, 사람들은 신이나 예수처럼 자신들을 구해주길 원했다.

– 에릭 클랩튼

곳곳에서 시를 찾을 수 있다. 밥 딜런의 음반에만 귀 기울여도……. 딜런은 형편없는 목소리였지만 자신이 믿는 것을 노래하기 때문에 훌륭하다. 진실한 느낌만이 유일한 가치다.

– 지미 헨드릭스

그는 전형적인 힙스터Hipster (1940년대부터 사용된 속어, 유행과 대중을 따르지 않고 자신의 개성을 쫓아 패션과 음악문화를 즐기는 사람)다. 밥 딜런이 하모니카를 불며 노래할 때 무대 위에서 우는 것 같았다.

– 알 쿠퍼(〈Highway 61 Revisited〉의 하몬드 오르간 연주자)

우리는 그를 알 수 없다.

– 앤드류 루크 올드햄(롤링 스톤즈 매니저)

밥은 여성 추종자들이 고갈되지 않았다. 하지만 잡지화보에서 방금 걸어나온 듯한 금발머리의 여자들을 좋아하는 것 같진 않았다. 그는 대화가 가능하고 자신의 실제 뮤즈가 될 여자를 좋아했다.

– 수즈 로톨로

일을 끝내고 비콘 힐 아파트에 누워 있을 때였다. 〈The Times They Are A-Changin'〉이 라디오에서 흘러나왔다. 순간 나는 잠에서 번쩍 깨었다. 그의 노래가 나의 귀가 아닌, 가슴으로 들어왔다. 나는 독백처럼 중얼거렸다. 야, 대단한 가사다.

– 한대수(싱어송라이터)

그는 히트곡이 대중가수의 전부가 아님을 말하는 산증인이다. 그의 음악을 들으면 현재의 차트에서 맹위를 떨치는 노래에 집착하는 것이 왜 부질없는 것인지를 알 수 있다.

그의 음악은 하나의 현대사상 저서나 같다. 이렇게 말하면 될까. '마이클 잭슨이 음악을 그림처럼 보게 했다면 밥 딜런은 음악을 책처럼 읽게 했다고.'

— 임진모(음악평론가)

나는 그와 매우 친한 친구다. 나는 그가 기독교 신앙에 깊이 들어갔을 때 처음 만났다.

— 지미 카터

그의 음악은 음악으로만 보면 안 된다. 그것은 대중음악의 정신 혁명과 관계한다. 그의 음악은 20세기 모더니즘의 가장 강렬한 분출이다. 이 점을 빼놓으면 왜 그의 음악과 앨범이 명작인지를 알 수 없게 된다.

— 그레일 마커스(밥 딜런 연구서 『보이지 않는 공화국Invisible Republic』 저자)

Girl
From The North Country

밥 딜런은 거주하던 우드스탁에서의 삶이 초기엔 편안했으나 곧 이어 이념적 성향이 과다한 사람들이 그의 집을 에워싸고 텐트를 치고, 심지어 딜런의 집 지붕 꼭대기 위를 허락도 없이 걸어다니고, 집안까지 침범하는 등 표면상으로는 딜런의 추종자이고, 저항의 포크 애호가들이고, 팬들일 수도 있었겠으나, 실질적으로는 또 하나의 권력이 된 사람들 때문에 뉴욕으로 이사한다.

그러나 뉴욕에서도 소용없었다. 그들은 좀 더 강한 저항의 노래를 불러달라고 야단이었다. 만약 이를 수용하고 이들의 교주, 이들의 꼭두각시가 됐더라면 밥 딜런은 지금쯤 어떻게 돼 있을까? 아마도 월남전이 마무리되면서 밥 딜런의 음악도 같이 끝났을지 모른다. 하지만 딜런은 그러지 않았다. 아무리 그의 거처를 이사한다고 해도 어느 틈에 알아내고 찾아와 농성을 벌일 그들을 피해, 딜런은 컨트리 뮤직이라는 음악세계로 현주소를 옮기고 만다. 그래서 발표된 앨범이 1969년의 9집 〈Nashville Skyline〉이었다. 이 앨범의 첫 곡은 바로 〈Girl From The North Country〉다.

혹시 당신이 노스 컨트리 지역으로 여행을 가면
거친 바람 부는 국경에 닿게 되면
거기 사는 한 사람에게 내 소식을 전해주세요
그녀는 한때 내 진정한 사랑이었어요
Well, if you're travelin' in the north country fair
Where the winds hit heavy on the borderline
Remember me to one who lives there
She once was a true love of mine

혹시 눈 폭풍이 일 때 가게 된다면

강물이 얼고 여름이 끝날 때 가게 된다면

그녀가 따뜻한 코트를 입고 있는지 한번 봐주세요

몰아치는 바람을 피할 수 있도록요

Well, if you go when the snowflakes storm

When the rivers freeze and summer ends

Please see if she's wearing a coat so warm

To keep her from the howlin' winds

그녀가 여전히 긴 머리인지 한번 봐주세요,

가슴 아래로 그 머릿결이 흘러내리는지.

그녀가 여전히 긴 머리인지 한번 봐주세요,

그게 내가 기억하는 가장 아름다운 모습이니까.

Please see for me if her hair hangs long,

If it rolls and flows all down her breast.

Please see for me if her hair hangs long,

That's the way I remember her best.

그녀가 날 기억이나 할까요

난 기도하곤 했어요 많은 날을

밤의 어둠 속에서도

낮의 눈부심 속에서도

I'm a-wonderin' if she remembers me at all

Many times I've often prayed

In the darkness of my night

In the brightness of my day

— 〈Girl From The North Country〉 중에서

이 노래는 사실 딜런의 2집 앨범 〈The Freewheelin' Bob Dylan〉에 수록됐었다. 하지만 리메이크한 9집에서는, 2집에서의 포크적인 분위기 대신 컨트리 뮤직의 대부 쟈니 캐쉬 Johnny Cash와의 듀엣으로 완전 컨트리 비트의 컨트리 블루스로 간다. 딜런은 자신의 오리지널 버전의 거친 목소리 대신 맑고 높은 톤으로 거의 코맹맹이 소리로 이 노래를 노래한다. 그러면 또 쟈니 캐쉬가 받아서 그 한없이 낮고, 굵고, 외롭고, 울먹이는 듯한 떨림과 한없이 편안한 울림의 목소리로 노래하는 것이다. 끝나는 부분에서 밥 딜런과 쟈니 캐쉬가 주고받는 "She Once Was A True Love Of Mine"이 부분이

절정이다.

딜런의 경묘함과 쟈니 캐쉬의 묵직함이 너무나 잘 어울리는 노래다. 이 곡이 나오자 딜런에게 '저항을, 좀 더 저항을' 하고, 거의 강압적이다시피 요구하고, 훈련시키려던 추종자와 지지자란 이름을 빙자한 권력들은 어안이 벙벙했고, 낭패도 이만저만이 아니었다. 투사가 샌님이 된 격이었고, 민중 가수가 실연의 아픔을 삼키는 눈물 맺힌 발라드 가수로 완전히, 변해버렸기 때문이었다. 결국 딜런만 바라보던 사람들은 서서히, 하나둘씩 사라지고 흩어지고 만다. 딜런이 자신들을 배신했다고 여겼을 것이다. 사실은 딜런이 그들에게 저항했을 뿐인데도 말이다.

이 앨범에는 좋은 노래가 많다. 더 버즈와 듀란 듀란 등이 리메이크한 〈Lay Lady Lay〉도 있고, 팝 록 스타일의 〈To Be Alone With You〉가 있다. 〈Nashville Skyline Rag〉이란 재빠른 연주곡도 기가 막히다.

딜런은 쟈니 캐쉬 쇼에서 〈Girl From The North Country〉를 쟈니 캐쉬와 함께 라이브로 노래하기도 했었다. 1969년 내쉬빌에서였다. 물론 내쉬빌로 딜런이 간 이유 중에 또 하나는, 우디 거스리 못지않게 영향받았던, 컨트리 뮤직의 아버지

행크 윌리엄스Hank Willams에 대한 그리움과 존경때문이기도
했다.

Knockin' On
Heavens Door

용평엘 갔었다. 1979년 12월부터 1980년 2월까지 꼬박 석
달간을 용평 스키장 디스코텍 DJ로 일했었다. 당시 〈바보처
럼 살았군요〉의 김도향 선배 기획실에서 내 독집 앨범을 준
비할 때였다. 3개월 유급휴가를 받았었다. 기왕이면, 하고
흰 눈과 음악이 있는 용평엘 갔다. 디스코텍은 오후 9시부터
12시까지 3시간만 문을 열었다. 밴드는 없고 LP 음반만 틀
었다. 저녁 7시쯤이면 통기타를 들고 용평 스키장의 주원호
텔 로비에서 몇몇 후배들과 어울리며 통기타를 치며 노래했

다. 그때 가장 많이 불렀던 노래가 밥 딜런의 〈Knockin' On Heavens Door〉였다. 불러도, 불러도 질리지 않는 노래였다. G코드에서 D코드로, Am에서 Am7으로 긁어주고 다시 반복되는 그 코드 진행도 치면 칠수록 절묘할 뿐 질리지 않고, 물리지 않았다.

마치 조각배를 타고 바다를 떠다니는 것 같았다. 한없는 자유를 느꼈다. 그렇게 우리가 한 시간여 놀고 나면 이범용, 한명훈 등이 나타났다. 그들은 〈꿈의 대화〉 창법으로 심수봉의 〈그때 그 사람〉을 불렀다. 그리고 레이 찰스의 〈I Can't Stop Loving You〉를 그렇게 노래했다. 내게 〈Knockin' On Heavens Door〉의 추억은 그렇게 남아 있다.

딜런은 1973년 영화 〈관계의 종말〉(샘 페킨파 감독)의 사운드트랙으로 이 노래를 작곡하고 직접 노래한다. 딜런은 〈Knockin' On Heavens Door〉를 통해 자신의 심정을 투영한 듯하다.

엄마, 이 배지를 떼어주세요
더는 못 달고 있겠어요
어두워지고 있어 앞을 볼 수도 없어요

마치 천국의 문을 두드리고 있는 것 같아요

Mama, take this badge off of me

I can't use it anymore

It's gettin' dark, too dark for me to see

I feel like I'm knockin' on heaven's door

엄마, 내 총을 땅에 내려주세요

더는 그들을 쏠 수 없어요

저 검은 구름이 낮게 드리우고 있어요

마치 천국의 문을 두드리고 있는 것 같아요

Mama put my guns in the ground

I can't shoot them anymore

That cold black cloud is comin' down

I Feel like I'm knockin' on heaven's door

- 〈Knockin' On Heaven's Door〉 중에서

  딜런은 신이 임명한 자유라는 마을의 보안관이었을까? 하
지만 그마저도 배지를 떼고 싶었을까? 영화의 마지막 장면에
서 보안관의 총에 맞아 죽는 남자가 나온다. 죽어가는 남자

는 끝 모를 패배의 늪으로 빠져들고, 여자는 절망할 뿐이다.

딜런은 이 노래 이후 서서히 종교를 향해 걸어갔던 것 같다. 미네소타에서 뉴욕으로 왔고 뉴욕에서 포크로, 포크에서 포크록으로, 그리고 포크록에서 컨트리로, 컨트리에서 다시 〈Knockin' On Heavens Door〉로, 그리고 자유라는 마을의 그 보안관 배지를 떼고, 딜런은 종교를 향해, 가톨릭에서 개종을 하고 기독교를 향해 걸어갔다. 뉴욕에 온 지 11년 만의 또 다른 변화다. 이처럼 딜런은 시간의 강물 속에서 모래를 퍼올려, 그것들 안에서 반짝이는 진실이라는 사금을, 찾아 헤매는 시인이다.

Like
A Rolling Stone

유럽여행을 갔었다. 오스트리아 빈에서 신선한 과일이 곁들여진 지금도 잊지 못하는, 작은 호텔의 아침식사를 마치고 헝가리로 갔었다. 국경에서 부다페스트로 향하는 길에 끝없이 펼쳐진 태평원이 장관이었다. 그 평원의 평온함과 바람에 나부끼는 초록풀잎들의 재잘거림과 이따금 푸짐하게 쌓아올린 건초더미, '오! 나에게 애인이 있다면 건초 더미 위에서 서로를 바라볼 텐데, 석양에 물든 그녀를 위해 노래를 지어 바칠 텐데' 그런 생각을 하다 보면 평원의 바다 위에 둥실 떠

있는 섬인 양, 자그마한 농가 오두막이 팬시리 또 가슴을 저리게 했고, 그 농가 너머로 흘러가는 구름에 가슴 아릿했다.

첫날은 숙소에 짐을 풀고 라이브 카페를 찾았다. 아일랜드에서 왔다는 포크 블루스 밴드가 좋았다. 이튿날 부다페스트의 옛 성을 찾았는데 그 성의 어느 한 상점이 LP가게였다. 구경 삼아 들른 그곳에는 내가 구하고 싶었던 오리지널 밥 딜런 원판 〈Highway 61 Revisited〉가 있었다. 음반은 약간 낡은 듯했지만, 그 역사가 또 따뜻해 보였다. 나는 두말할 것도 없이 당장 그 음반을 샀다. 해외여행에서 LP를 산다는 게 갖고 다니기도 불편할 수 있고 파손의 위험이 있었으나 그런 걸 따져볼 겨를이 없었다. 운명처럼 나는 그 음반을 나의 음반으로 삼을 수밖에 없었다. 이런 나를 지켜본 일행 중 한 사람이었던 드라마 작가 김운경(〈서울의 달〉 〈유나의 거리〉 작가)는 내게 이렇게 말했다.

"특이한데요? 여행 중에 LP를 사다니요? 정말 밥 딜런 좋아하시나봐요?"

1980년대 후반이었을 것이다. 내가 〈이문세의 별이 빛나는 밤에〉와 〈송승환의 밤을 잊은 그대에게〉와 〈이수만의 젊음은 가득히〉를 동시에 집필하던 시절이었다. 그나마 일요일의 휴식이 생겨 지친 심신을 이끌고 어머니가 계신 집을 찾았다. 약간 감기 기운이 있어서 뜨거운 그야말로 팔팔 끓는 콩나물국을 부탁드렸다. 몹시 고단했던 터라 방에 가서 덜퍼덕 누웠다. 그때 밥 딜런 베스트 테이프가 눈에 띄었다. 그걸 듣기 시작했다. 〈If Not For You〉 등이 흘렀고 몇 곡이 지나자 〈Like A Rolling Stone〉이 흘러 나왔다. 아니 쏟아져 나왔다.

〈Like A Rolling Stone〉은 1965년, 딜런이 스물네 살 때(남들은 푸른 청춘으로 보지만 정작 본인은 멍든 청춘으로 보일까봐, 조심스런 스물 네 살 평범 청년으로 대부분 살아가기 십상인 그런 시기) 발표한 곡이다.

나는 그 노래의 전주가 채 끝나기도 전에 시체놀이를 끝낼 수밖에 없었다. 나도 모르게 벌떡 일어나 앉은 정도가 아니라 아예 벌떡 일어서고 말았다. 격한 흥분이 솟구쳐 도저히 누워 있을 분위기가 영 아니었다. 정말 무의식적인 벌떡 일어섬이었다. 죽은 사람을 일으켜 세우고 앉은뱅이도 걷게 하신다는 성경 속 예수 그리스도의 기적을 닮은 꼴이었다.

〈Like A Rolling Stone〉은 '일상이 이 세계의 전부는 아니야.

환상의 새 세계가 있지. 그것도 단 하나의 세계가 아니라 무수히 많은 세계가 존재하고 있지. 네가 마음만 먹으면 그 세계를 노크할 수 있고, 들어갈 수 있어.' 라고 타임스스퀘어 한복판에서 신문팔이 소년이 호외를 뿌리며, 외치는 것 같았다. 그야말로 '배 터지게 배부르고, 가슴 터질듯 설레는 찬란한 기쁨의 시간이 있다'고 알려주는 것 같았다. 그것은 마치 새벽 종소리의 연타음 같았다. 그 종소리들은 빠삐용이 갇혀 있던 섬의 절벽 꼭대기에서 일곱 번째 파도를 향해 뛰어내린, 자유를 살기 위한 끝없는 도전이자 탈출 같았다. 그 종소리는 마치 돌아올 수 없는 길을 떠나는 딜런의 편지, 아니 전보 같았다.

그렇다. 〈Like A Rolling Stone〉은 모차르트가 베토벤을 노래하는 것 같았다. 헤밍웨이가 드럼을 치고 카프카가 조명을 만지고 카뮈가 음향감독을 하는 것 같았다. 그리고 제임스 딘이 건반을 연주하고 뉴욕 항구의 푸른 물결이 스튜디오를 범람하다 못해 삼켜버린 것 같았다. 자본주의라는 고래 뱃속에 들어간 크릴새우 밥 딜런은 기타를 들고 보이지 않는 풍선처럼 떠다니는 음악을 만나, 노래라는 영원을 먹고 마시기 시작한다. 그로 인해 내게도 신의 강림과 그 강신으로 인한 축복이 시작됐고, 축제가 벌어지기 시작했던 것이다.

이제 헝가리에서 사온 딜런의 65년 앨범, 그의 정규 스튜
디오 6집인 〈Like A Rolling Stone〉이 수록된 〈Highway 61
Revisited〉를 턴테이블에 걸고, 고풍스런 풍금 위의 집시처럼
그 사운드에 빠져보자.

1. Like A Rolling Stone

포크록의 완성이자 절정 그리고 밥 딜런 음악의 최고봉
〈Like A Rolling Stone〉을 세상이 떠나가라 하고 큰 사운드
로 들을 때가 있다. 신촌의 록 카페 '우드스탁'에 어쩌다 들를
때가 그렇다. 존 레논의 〈Oh, Yoko〉와 함께 들노라면 묵었던
체증이 사라진다.

딜런은 〈Talkin' New York〉으로 세상에 말 걸었고, 그로
인해 딜런도 뉴욕도 뉴욕의 기반인 세계도 존재하기 시작했
고 두 눈동자들을 반짝반짝 빛내기 시작한다. 밥 딜런이 뉴욕
이라 불러주기 전에는 뉴욕은 하나의 몸짓에 지나지 않았다.
그러나 딜런의 부름에 의해, 노래에 의해 뉴욕은 꽃이 된다.

2. Tombstone Blues

딜런은 말 타고 달리는 카우보이처럼 빠른 리듬을 타고

혼들리며, 이따금 카우보이 모자를 고쳐 쓰며 달려간다. 그가 말 위에서, 리듬 위에서 흔들리자 산도 바다도, 하늘도 기찻 길도, 집도 마을도 흔들린다. 시인 라이너 마리아 릴케는 음 악은 흔들리는 돌로 지어진 신전이라고 했다. 밥 딜런은 혁 명은 금세 이루어지지 않는다. 따라서 천천히 우리는 세상을 바꿔 나가야 한다고 말했다. 하지만 밥 딜런은 이 노래에서 만큼은 조금은 서두른다. 휘두르는 권력에 대한 또 하나의 전투다. 말하자면 토치카 안에서 벗어나, 적진을 향해 가능한 한 깊숙이 돌진하고 기꺼이 스스로를 노출한다.

3. It Takes A Lot To Laugh It Takes A Train To Cry

⟨It Takes A Lot To Laugh It Takes A Train To Cry⟩는 아 름답다. 축제의 한 편에서 살짝 취해 와인 한잔을 들고, 춤추 듯 평화롭기 때문이다. 잠시나마 노동으로부터 해방된 인간 은 아름답다. 그것은 너무 짧은 휴가이자 매우 짧은 휴식이 다. 딜런은 마지막 후주에서 미국 대륙의 저녁노을에 적신 하모니카로, 우리들을 전송하듯 우리들을 부르며 멀어진다.

4. From A Buick 6

내가 사는 동네에 삼겹살집이 급성장 중이다. 5~6개월 사이에 세 군데가 새로 생겼다. 밤에 귀가하다 보면 노천에서 연기가 피어오르고 삼삼오오 흥겹다. 잘 안 보이는 별빛 아래, 삼겹살이 익어가는 마을이다. 사람들은 인정의 꽃밭과 그 온기 대신, 숯불연기에 눈이 맵다. 그들의 허기를, 그들의 지친 발걸음을, 그들의 가벼운 주머니를 잠시 잊게 하고, 그들은 새로운 소주 한 병의 뚜껑을 비틀어 첫 잔을 따르며 또 다시 설레이곤 한다.

〈From A Buick 6〉의 리듬은 그런 축제의 흥겨움이다.

5. Ballad of A Thin Man

이것은 느릿한 보행의 리듬이고 비틀거리는 우왕좌왕의 멜로디이다. 벌거벗은 임금님으로부터의 박탈과 수탈로 인한 허탈의 상황에서, 도전과 약간의 광기와 짙은 블루스가 파도치는 해변에서의 비틀대는 방랑의 춤이기도 하다.

6. Queen Jane Approximately

이 음반에서 가장 평온한 노래에 속한다. 딜런의 창법은 넘칠 듯 넘치지 않는 바닷물 같다. Won't You come See Me, Queen Jane?

7. Highway 61 Revisited

현대인들은 시간과 경쟁한다. 화살처럼 빠른 아니 총알처럼 빠른 세월을, 시간을 추월하기 위해 고속도로를 달린다. 그리고 말 위에 올라탄 사냥꾼이 먹거리인 짐승에게 화살을 쏘아 날리듯, 현대인들은 사뭇 돈 벌 궁리에 무아지경이 될 것만 같다.

8. Just Like Tom Thumb's Blues

여기선 고독이 배어나온다. 화살 맞은 늑대 같다. 그는 무리에서 떨어져 나왔다. 그는 '우리'라는 감옥에서 벗어났다. 그는 이처럼 딜런이란 개인이고 그것은 하나의 위대한 별이다. 그는 비로소 아메리카에서 벗어나 세계에, 우주에 속한다.

약물중독으로 인해 '역사상 가장 긴 자살자'라고 하는 재즈 피아니스트 빌 에반스Bill Evans가 말했었다. "너무나 많은 음악들이 시간에 상처를 줍니다. 너무나 많은 노래들이 공간에 폭력을 가합니다."

딜런은 그 음악으로 상처 입은 시간을 품에 안는다. 폭력으로 죽어가는 공간에 묘비명을 세운다. 그는 지금 세계라는 객석에서 등을 돌린 채 이 노래를 흐느낀다.

9. Desolation Row

어쿠스틱 기타는 언제 찾아가도 다정한 연인 같다. 간호사도, 의사도, 약품도 없는 위대함 대신 거대함이라는 간판의 종합병원, 이 세계에서 드물게 빛나는 기타가 쿠키처럼, 딸기처럼 작은 십자가 목걸이처럼 배어나온다. 부끄러워서 수줍게 배시시 웃던 그 첫사랑 소녀처럼 말이다.

딜런이 커피처럼 노래한다. 그것은 태양을 피해 달아난 게 아니라 태양 아래, 그 태양을 먹고 익어간 그래서 스스로를 이겨낸 커피콩이 또 다시 불꽃에 재차 익혀지고, 볶아져서 향기 품은 민간우편이 된다. 이윽고 부서지고 갈아져서, 커피의 삶은 모조리 가루가 된다. 그 위에 뜨거운 물세례를 고요히 받아낸다. 누군가의 목을 축이기 위해, 누군가의 입술을 기다리는 잔 속의 뜨거운 잔잔함이 된다.

딜런, 그는 인생과 역사와 문화예술의 페이지를 넘기며, 호젓한 카페 한 구석에서 비쳐드는 겨울 햇살을 이따금 응시한다.

The 30th Anniversary
Concert Celebration

1992년 9월 16일, 뉴욕 메디슨 스퀘어 가든(2만 석)에서 밥 딜런 데뷔 30주년을 기념하는 콘서트가 열렸다. 이 공연 실황은 2장의 DVD와 2장의 CD로 발매(The 30th Anniversary Concert Celebration)되었다. 콘서트의 주축 밴드는 〈Time Is Tight〉라는 소울 풀한 긴박감이 훌륭했던 히트곡의 부커 티 앤 더 엠지스Booker T. and the MG's였고, 여기에 짐 켈트너Jim Keltner(밥 딜런, 앨비스 프레슬리 등 다수의 음반에 참여했던 드러머) 등이 가세했다.

그 음반에서 'Disc two'를 듣는다.

1. Just Like Tom Thumb's Blues – 닐 영

무고하게 갇혀, 번번이 탈옥할 때마다 되잡혀온 억울한 죄수처럼, 얻어맞은 빨간 입술처럼 닐 영은 노래한다.

2. All Along The Watchtower – 닐 영

살았더라면 지미 헨드릭스가 기타치고 노래했을 〈All Along The Watchtower〉를 닐 영이 노래한다. 닐 영은 파괴를 꿈꾼다. 새로운 환락이 아닌 환상의 도시를 세우기 위해서다. 불가능한 꿈을 노래한다. 여기서 딜런과 닐 영이 갈라진다. 딜런은 고뇌하고 닐 영은 꿈꾼다. 그러나 그 고뇌의 대상 세계와 딜런은 거리를 유지한다. 닐 영은 트로이의 목마 같다. 딜런의 노래를 다시 부르기 함으로써 닐 영은 방랑에서 저항으로 변모한다. 딜런은 눈물 맺히고 닐 영은 눈물겹다.

3. I Shall Be Released – 크리시 하인드

크리시 하인드는 예쁘고 매력 있게 노래한다. 11월의 바람 같다. 딜런의 원곡이 인절미 같았다면 크리시 하인드는 바게트 같다. 하지만 둘은 공통적으로 건들거린다.

4. Don't Think Twice, It's All Right – 에릭 클랩튼

언플러그드의 열풍을 몰고 온 사내. 흑인 블루스에서 자신의 모든 것을 가져왔다고 겸허해하는 일렉트릭 기타의 시인, 영원한 신인 에릭 클랩튼이 노래한 〈Don't Think Twice, It's All Right〉은 한국에서는 일찍이 김민기가 서울미대 시절 도비두(김민기, 김영세 듀엣으로 '도깨비 두 마리'라는 뜻이다) 활동을 할 때 불렀던 노래다. 그런가 하면 양병집이 번안곡으로 만들어 이연실이 〈역〉으로 부르고, 양병집도 〈역〉으로 부르고, 한참 지나 1993년 김광석이 〈두 바퀴로 가는 자동차〉란 제목으로 다시 부르기 했었다.

에릭 클랩튼은 록과 소울과 블루스의 뒤섞어 노래와 사운드를 만들어나간다. 록이 너무 멀리 갔을 때, 항상 다시 돌아오게 했던, 그래서 다시 길 떠나가게 했던 지구인 에릭 클랩튼이다.

5. Emotionally Yours – 오 제이스

이 노래는 유혹적이고 짜릿한 자극이 있다. 소울과 가스펠

이 어우러진 흥취가 가득하다. '어떤 사랑 하나 구하기' 같다.
노래는 뉴욕을 벗어나 우주의 변방 맨 끄트머리까지 가닿는
다. 그곳에도 딜런이 좋아하는 책과 음반이 있는 작은 방과
어둑한 카페가 있었으면 좋겠다.

흑인들의 합창, 솔리스트의 절규는 마음의 병을 치유케 한
다. 아무튼 대단하다. 세계의 심정을 들었다 놨다 하는 뮤지
션들이 다 모였다. 생전에 엘비스 프레슬리도 못 받아본 잔
칫상을 딜런이 받았다.

6. When I Paint My Masterpiece – 더 밴드

이번엔 더 밴드다. 딜런이 '지금'이라면 더 밴드는 '여기'
다. 딜런이 시간이라면 더 밴드는 장소다. 오두막이 있고 연
기가 피어오르고 단풍이 타고, 눈이 내린 추운 그런 오두막
같은 밴드가 더 밴드다. 그들은 자유 대신 통나무 몇 개가 필
요하다. 겨울에 좀 때고 살아야 되니까. 그 통나무에 불길이
인다. 천천히 타오르고 밤새 타오를 것이다. 그 구수한 나무
타는 냄새가 메디스 스퀘어 가든을 빠져 나가 여행자들을 안
정시킨다.

7. Absolutely Sweet Marie – 조지 해리슨

드디어 조지 해리슨이다. 비틀즈 특유의 외침으로, 조지 해리슨 자신의 애조 띤 슬픈 가락으로 딜런의 〈Absolutely Sweet Marie〉를 노래한다. 조지 해리슨은 거물이지만 비틀즈에서는 왠지 소외계층 같았다. 하지만 앨범 〈Abbey Road〉의 〈Something〉으로 단숨에 그 위상을 동격으로 바꿔 놓았었다. 물론 화이트 앨범에서 〈While My Guitar Gently Weeps〉로 그 전조를 알렸었다. 폴 매카트니의 '흥'과 존 레논의 '한'과 링고 스타의 '무심' 사이에서 조지 해리슨은 영롱한 별이다. 그의 기타가 강렬한 비트 사이로 뚫고 나온다. 그는 록의 로빈 후드 같다.

8. License to Kill – 톰 페티 앤 더 하트브레이커스

톰 페티의 창법은 딜런을 조금 닮았다. 더 하트브레이커스는 1986년 밥 딜런의 백 밴드로 함께 세계 연주 여행을 한 적이 있다. 톰 페티는 딜런의 방에 잠시 며칠 신세지러 온 방문객 같다. 그는 커피를 마시기 위해 주전자를 찾는다. 딜런이 남기고 간 발자국 몇 개를 주워 손바닥 위에 놓고 들여다본다. 발자국은 갑자기 깃털이 되어, 새처럼 날아간다. 깃털에서 새들이 쏟아진다. 톰 페티는 아무 것도 안 하는 것 같은데, 뭔가를 이뤄낸다. 그리고 훌쩍 또 딜런의 방을 뒤로하고 바람 부는 거리로 떠난다.

9. Rainy Day Women #12&35 – 톰 페티 앤 더 하트브레이커스

딜런이 맨발로 빗속으로 뛰어들었다면, 톰 페티는 아버지의 장화를 신고 누나의 우산을 쓴 아이 같다.

10. Mr. Tambourine Man – 로저 맥귄, 톰 페티 앤 하트브레이커스

로저 맥귄은 60년대 히피처럼 노래한다. 이따금의 격정이 인간적이다.

11. It's Alright, Ma (I'm Only Bleeding) – 밥 딜런

권력자들은 규칙을 만들고

잘난 사람 못난 사람 누구에게나 강요하지만

엄마, 내가 따라야 할 건 아무것도 없어요

Although the masters make the rules

For the wise men and the fools

I got nothing, Ma, to live up to

드디어, 드디어, 드디어 밥 딜런이다. 그는 염탐꾼처럼, 도박판에 끼지 못한 부랑자처럼 노래한다. 그는 내부 고발자 같고 그 모든 것을 비웃는 낙오자처럼 삐쭉거린다. 그는 모든 게 마음에 들지 않는 불만투성이 어린아이처럼, 징징대는 아이처럼 노래한다. 어쿠스틱 기타는 번개 같고 소용돌이에 갇힌 것 같다. 거기서 비명과 절규가 터져나온다.

오래간만에 물질이 아닌 정신이 뉴욕을 지배한다. 그러나 지시하지 않는다. 그냥 불어갈 뿐이다. 바람처럼. 머물지 않는다. 서부 영화의 엔딩 장면처럼, 악당들을 물리치고 만류하는 아리따운 아가씨의 무너지는 가슴을 뒤로 한 채, 말 타고 떠나가는 방랑의 총잡이처럼 말이다. 이 모든 것이 통기타 하나만의 반주로 이뤄진다.

12. My Back Pages – 밥 딜런, 로저 맥귄, 톰 페티, 닐 영, 에릭 클랩튼, 조지 해리슨

닐 영이 울고, 울부짖는다. 톰 페티가 5월처럼 아름답다. 로저 맥귄이 우울한 하늘처럼 고급스럽다. 다시 닐 영이 세수하고 나타난다. 에릭 클랩튼의 기타가 죽여준다. 에릭 클랩튼이 노래한다. 알 수 없는 감동이 밀려온다. 하나가 된다. 경계가 다 부서지고 없다. 이번엔 딜런이 낭패한 목소리로 울지도 못하고 울음 섞이다. 조지 해리슨도 가세한다. 광장의 외로움이, 군중 속의 공허가 돋보인다.

13. Knockin' on Heaven's Door — 모두 함께

제야의 종소리 같은 딜런의 노래를 딜런이 시작한다. 두꺼운 일기장을 움켜쥔, 야윈 두 손으로 찢는 밥 딜런, 하지만 두 쪽을 내기 어렵다. 힘겨움의 노래다. 딜런 그는 죽음을 노래한다. 그곳은 고향이니까.

14. Girl from the North Country — 밥 딜런

이 노래를 부르는 딜런에 대해서, 이 노래에 대해서 말 못하겠다. 구멍 숭숭 뚫린 싸구려 외투를 걸친 모모처럼 딜런은 겨울 광야에서 노래한다. 따뜻한 차 한 잔 같은 하모니카가 나온다. 나폴레옹이 괴테를 만난 뒤, "나는 오늘 한 인간을 만났다."라고 했다. 누구나 이 노래를 들으면 "난 오늘 한 인간을 만났다. 난 오늘 하나의 가슴을 만났다."라고 말할 것만 같다. 노래는 뉴욕을 포함한 우주와의 접촉이고, 교감이다.

15. I Believe in You – 시네이드 오코너

피아노와 더불어 시네이드 오코너가 노래한다. 그녀의 세포 하나가, 귓가의 솜털 하나가 노래하는 것 같다. 이윽고 그녀의 혀가, 그녀의 입술이 노래한다. 다시 가슴이, 그녀의 단전이, 그녀의 허벅지가, 그녀의 종아리가, 어느새 지쳤다. 그녀의 두성은 모던록의 존재를 일깨운다. 시네이드 오코너, 그녀의 노래에는 아침이란 DNA가 있다. 그 아침에 대한 오랜 그리움과 밤새도록의 기다림이 그녀의 노래다.

3부

Come gather 'round people
Wherever you roam
And admit that the waters
Around you have grown
And accept it that soon
You'll be drenched to the bone.
If your time to you
Is worth savin'
Then you better start swimmin'
Or you'll sink like a stone
For the times they are a-changin'.

2016 노벨문학상 수상자
밥 딜런

1913년 노벨문학상 수상자는 인도의 시인 타고르였다. 그의
연작시 「기탄잘리」에 주어졌다. 103편으로 이뤄진 「기탄잘
리」의 첫 장에 이런 시구가 나온다.

이 작은 갈잎 피리를
님은 언덕과 골짜기 너머로 나르셨습니다.
그리고 님은 그것을 통해
항시 새로운 선율을 불러 내셨습니다

1923년에는 아일랜드의 시인 예이츠가 수상한다. 그의 시 〈호수의 섬 이니스프리〉로 받았다. 1938년에는 미국의 여류 작가 펄 벅이 소설 『대지』로 수상한다. 1946년 헤르만 헤세, 1954년 헤밍웨이, 1957년 알베르 카뮈, 밥 딜런이 데뷔 앨범을 내던 1962년에는 존 스타인 벡이 소설 『분노의 포도』와 『에덴의 동쪽』으로 받는다. 1968년 가와바타 야스나리가 소설 『설국』으로, 1969년엔 사뮈엘 베케트가 희곡 『고도를 기다리며』로, 1970년엔 알렉산드로 솔제니친이 소설 『이반 데니소비치의 하루』로, 1971년엔 칠레의 파블로 네루다가 『스무 편의 사랑 시와 한 편의 절망의 노래』로 수상한다. 그리고 2016년엔 미국의 시인 음악가 밥 딜런이 수상한다.

노벨문학상은 '이상적인 방향으로 문학 분야에서 가장 눈에 띄는 기여를 한 사람에게' 수여하라는 알프레드 노벨의 유언에 따라 1901년부터 해마다 전 세계의 작가 중 한 사람에게 주는 상이다. 이 상을 가장 유력했던 후보 무라카미 하루키가 아닌 밥 딜런이 받은 것이다. 스웨덴 한림원에서는 "밥 딜런이 포크 가수 우디 거스리 같은 음악가들뿐만이 아니라 잭 케루악 같은 초기 비트 세대 작가들과 딜런 토마스 등의 현대 시인들한테서도 많은 영향을 받았으며, 훌륭한 미국 음악 전통 안에서 새로운 시적 표현을 창조해낸, 딜런에게 노벨문학상을 수여한다"고 밝혔다. 특히 시상 이유에 대해서 "귀를 위한 시"라는 표현을 사용했다.

이 소식이 전해지자 나 또한 매우 기뻤다. 그리고 조금 지나 신문사에서 밥 딜런 수상 이유에 대해서 전화 인터뷰가 와 이렇게 답했다. "오히려 늦은 감이 있습니다. 오래전부터 노벨문학상 후보로 올랐었고, 딜런은 자유의 상징입니다. 그리고 딜런이 시가 잃어버린 음악을 회복시켰다고 봅니다."

미국의 버락 오바마 대통령은 2009년 노벨평화상 수상자이기도 한데, 밥 딜런에게 축하 메시지를 자신의 이날 트위터를 통해 "내가 가장 좋아하는 시인 중 한 명인 밥 딜런의 노벨문학상 수상을 축하한다"면서 "그는 충분히 받을 자격이 있다"고도 말했다.

그러나 회의적인 시각도 많았다. 영국 작가 어빈 웰시는 트위터에 "딜런의 팬이지만 이번 수상은 늙고 알 수 없는 말을 지껄이는 히피의 썩은 전립선에서 짜낸 향수병에 주는 상"이라는 독설을 남겼다. 난 이 평가가 재밌었다. 하긴 옥스퍼드 대학과 하버드 대학에서는 딜런이 20대 때 성취한 시노래들의 의미를 공부한 지 한참 됐다. 어빈 웰시는 어쩌면 평생 가도 알 수 없는 말일 것이다.

딜런은 노벨문학상 수상 이전에도 1982년 작곡가 명예의 전당에, 1988년 로큰롤 명예의 전당에 헌액됐으며, 2000년엔 폴라 음악상을 수상했다. 1999년에는 시사주간지 〈타임〉에서 선정한 '20세기 가장 영향력 있는 인물 100명'에 뽑히기도 했다.

그러나 프랑스 소설가 피에르 아슐린은 "밥 딜런이 노벨문학상 수상자 후보로 오르긴 했지만 우리는 진담으로 생각하지 않았다. 이번 선정은 작가들에 대한 모욕이다. 나도 딜런은 좋아하지만, (문학) 작품은 어디에 있지? 스웨덴 한림원이 스스로 치욕의 역사를 만들었다."고 말했다.

나는 피에르 아슐린이 농담을 했다고 믿고 싶다. 그리고 밥 딜런의 문학을 보고 싶다면 인터넷에서 밥 딜런의 가사들을 검색해보길 바란다. 그리고 밥 딜런의 문학을 만져보고 싶다면 가까운 음반가게에 가서 그의 음반들을 손으로 만져보길 바란다. 특히 작가를 모독했다는 말엔 경악을 금할 수 없다. 작가 고故 최인호는 늘 클래식 음악을 틀어놓고 글을 썼다고 했다. 아마도 대부분의 문학은 음악의 그 순수한 영감, 비통한 절규, 그 무한의 절제, 일찍이 폴 사이먼이 시를 쓰고 작곡하고 아트 가펑클과 함께 노래한 〈Sound Of Silence〉에서 울려오는, 영원의 눈빛에서, 그 '음악의 피'라는 에너지를 이미 오래전부터 대량으로 수혈받아왔을 것이다. 왜 그럴까? 음악은, 소리는 이미 음악언어이기 때문이다.

한편 도쿄에서는 하루키의 수상을 기다리던 하루키 마니아들이 밥 딜런으로 수상 발표가 나자 "유감이다." "딜런? 예상이 빗나가도, 빗나가도 이건 아니다" "하루키를 몰라주다니……"라며 실망했다. 한편으로는 "올해도 무라카미 하루키가 수상하지 못했지만, 하루키도 밥 딜런을 좋아하기 때문에 기뻐하고 있을 것이다."라는 말들을 했다.

그런데 정작 밥 딜런은 2016년 노벨문학상 수상자로 선정되고 발표 됐음에도 아무런 말도 없었다. 스웨덴 한림원에서는 발표 이후 2시간 반 만에 가까스로 밥 딜런 본인이 아닌 밥 딜런 매니저와의 통화에 성공했을 뿐이다. 말하자면 밥 딜런이 상을 받게 돼서 기쁘다. 이 상을 받기까지 도움을 준 사람들과 기쁨을 나누겠다. 앞으로 더 좋은 모습 보이겠다. 이런 말들은커녕 침묵으로 일관했던 것이다. 하지만 이는 대단히 밥 딜런다운 모습이고 태도다. 알렉산더 대왕이 통속의 철학자 디오게네스를 찾아가 뭐, 필요한 것 없나요? 내가 도울 일이 있다면? 하고 물었지만 디오게네스는 그런 말 대신에 "내가 지금 쪼이던 햇빛을 당신이 가로막고 있으니어서 가주시오. 난 햇살이나 더 쪼이겠소!"하고 자신의 소망을 표명한 바 있다. 딜런도 그런 셈이다.

딜런이 그래미상을 수상하는 장면을 TV에서 본 적이 있다. 그래미상을 받게 되면 대부분 한결같이 감사와 기쁨과 나눔과 포부를 밝힌다. 아주 밝은 표정으로 거의 울 것 같은 표정으로 왜냐하면 그 상이 일생에 한번 받을까 말까한 상이어서, 또 다시 그 기회가 오리란 보장이 없기 때문이다. 그러나 딜런은 그 대단한 상을 받자 방금 받은 트로피를 가슴에 안거나 머리 위로 추켜올리기는커녕, 바로 트로피 꼭대기를 무대 바닥을 향해 내려뜨린 다음, 매우 불쾌한 표정으로 읽힐 수 있는 표정으로 감사의 소감도 말하지 않고, 무대 뒤로 들어가버렸다. 이것이 바로 딜런다운 것이다.

오바마 대통령을 만났을 때도 마찬가지였다. 오바마는 밥 딜런의 매력에 대해서 이런 말을 했다. 딜런이 2010년 2월 백악관에서 열린 '시민 평등권 운동에서 파생된 음악 축제'에 스모키 로빈슨, 존 바에즈 등과 함께 밥 딜런이 초대됐고, 그때 밥 딜런의 모습에 대해 오바마는 이렇게 기억한다.

"밥 딜런은 정말 우리가 생각했던 그 사람이었다.(…) 보통 다른 가수들은 전부 공연 전에 연습을 한다. 그러나 밥 딜런은 리허설에 나타나지 않았다. 보통의 아티스트들은 우리 부부(미셸과 버락 오바마)와 사진을 찍지 못해 안달인데, 그는 사진도 찍지 않았다. 그 자리에 나타나지도 않았다."

— 〈롤링스톤〉 2013년 9월 10일자

노벨문학상 수상자로 발표된 이후 2주 이상 아무런 응답이 없었던 딜런은 마침내 입을 열었다. 한림원의 사라 다니우스 사무총장은 전화로 딜런에게 노벨문학상 수락 여부를 물었고, 이에 대해 딜런은 "상을 받을 거냐고요? 당연하죠"라고 답했다. 그리고 한동안 침묵을 지킨 이유에 대해서 밥 딜런은 "노벨문학상 소식에 할 말을 잃었었다. 수상을 대단한 영광으로 여기고 있다. 시상식에 가능하면 참석하겠다"고 밝혔으며 연락이 안 됐던 이유에 대해서는 "나는 여기 있었는데…"라고 특유의 엉뚱하면서도 무언가 생각하게 하는 화법을 구사했다. 이로써 노벨문학상 역사상 최초로 싱어송라이터에게 상이 주어졌다. 하지만 밥 딜런은 12월 10일 스톡홀름에서 열리는 노벨문학상 시상식에 참석하지 않겠다고 했다. 스웨덴 한림원 발표에 따르면 딜런은 그날 다른 약속이 있어서 못 간다고 편지로 알려왔다.

만약 1968년에 세상을 떠난 딜런의 아버지가 살아 있었더라면, 아들의 노벨문학상 수상에 대한 뭐라고 말했을까? 딜런의 아버지는 딜런이 세계적인 성공을 거뒀음에도 불구하고 딜런 못지않은 독설을 퍼부었었다. 자신의 아들에 대해서 아버지는 '교활하게 꾸며낸 조작물'이라며 비난을 가했다. 어쩌면 아버지한테도 제대로 이해받지 못한 아들 밥 딜런이었던 셈이다. 그러나 그 무렵 밥 딜런도 아버지가 됐고, 어머니, 동생들과의 관계 회복에 열중했으며 히브리 전통에 의한, 죽은 자를 위한 기도를 아버지 앞에 바쳤다.

딜런은 70년대 후반 애리조나 무대에서 몸과 마음의 상태가 둘 다 안 좋았었다. 그때 객석의 청중 한 사람이 은 십자가를 무대 위로 던졌고 딜런은 그것을 외면하지 않고, 자신의 주머니에 넣었다. 공연을 마치고 호텔로 돌아온 다음 신비한 체험을 한다. 이후 기독교로 개종하며 앨범 〈Slow Train Coming〉를 발표했고 여기서 밥 딜런 풍의 노래를 해온 마크 노플러의 기타가 가세한다. 이후의 콘서트에서 '청중들이 로큰롤을 불러달라'고 말하면, 딜런은 '그런 요구는

키스Kiss(미국의 하드록 밴드)의 콘서트에 가서 하라'고 맞받아

쳤다.

무례하고 건방진
밥 딜런

스웨덴 작가이자 한림원 회원인 페르 베스트베리는 스웨덴 방송과의 인터뷰에서 "밥 딜런이 노벨문학상 수상작가로 선정된 이후에도 침묵으로 일관한다"면서 밥 딜런을 강하게 나무랐다. 물론 공식적인 차원은 아니었으나 스웨덴 한림원의 자존심이 상했을 거라고 추측되는 상황에서, 회원을 통해 불편한 심기를 내보였다는 해석도 나왔다.

페르 베스트베리는 "밥 딜런은 무례하고 오만하다"했고, "밥 딜런은 노벨상을 원하지 않는 것이다. '나는 더 거물'이라고 생각하고 있을지도 모른다"며 "혹은 반항적인 이미지 그대로 있고 싶은지도 모른다"고 추측한 것이다.

일부 외신들은 이 발언에 대해 노벨상의 권위를 손상당한 주최 측의 초조감이 분출된 것이라는 시각을 전했다. 스웨덴 한림원은 수상 발표 직후 딜런에게 연락을 시도했으나 2시간여 만에야 겨우 딜런의 매니저와 통화할 수 있었고, 매니저는 지금 딜런이 자고 있기 때문에 전화를 받을 수 없다고 했다.

그러나 수상 발표 후 딜런과 그의 밴드는 미국 라스베가스 공연장에서 콘서트를 했다. 당시 관객들이 그에게 노벨문학상 수상자라고 외쳤지만 딜런은 노벨문학상 수상에 대해서 그리고 청중들의 연호에 대해서도 그 어떤 언급이나 일체의 반응을 보이지 않았다.

그 다음날 딜런은 캘리포니아 주에서 열린 락 페스티벌 '데저트 트립'에도 나타났었다. 하지만 역시 별다른 말을 하지 않았다. 오히려 딜런이 노래하고 난 이후, 그 다음 차례로 무대에 올랐던 롤링스톤즈가 "노벨상 수상자와 같은 콘서트 무대에 서본 적이 없었다"며 딜런의 수상을 축하했다. 그날 밤 딜런은 무대에서의 앙코르곡으로 〈왜 지금 저를 바꾸려 하나요(Why Try To Change Me Now)〉를 불렀고 그로 인해, 그 노래 제목이 딜런의 현재 마음이다, 라는 얘기도 나왔다.

딜런은 무례하지도 않았고 건방지지도 않았다. 딜런은 우리가 편의점에 가서 막걸리 한통 사듯이 혹은 생수 한 병 사듯이, 담배 한 갑 사듯이 그렇게 한림원에 가서 돈을 주고 노벨문학상을 산 게 아니었다. 딜런은 "텔레비전에 내가 나갔으면 좋겠네"라고 아이들이 부르던 그 노래처럼, "2016 노벨문학상을 딜런이 받았으면 좋겠네"라고 노래 부른 적도 없었다. 오래전부터 수상후보로 거론됐을 뿐이었고, 마침내 무라카미 하루키가 받을 것이란 예상을 뒤엎고, 딜런에게 노벨문학상이 주어졌을 뿐이다. 그렇다고 딜런이 시차로 인해 잠자는 시간에 걸려온 스웨덴 한림원에서 걸려온 수상 통보 및 시상식 관련 안내 전화에 자다 말고 깨어나 "아, 고맙소. 12월 10일 노벨상 받으러 가겠소." 이래야 할 의무가 있을까?

그리고 곧바로 기자회견을 열어 수상소감을 발표하고, 자신의 콘서트에서도 자랑 삼아 이야기할 필요가 있을까? 그러면서 오늘이 있기까지 고마웠던 사람들의 이름과 직업을 일일이 호명하며, 눈물을 보일 필요가 있었을까? 그렇다. 딜런이 상을 받든 안 받든, 시상식에 참여하든 안 하든 그것은 그다지 중요한 것은 아니다. 왜냐하면 노벨문학상의 본질은 결국 딜런이 말해온대로 '신의 작업'을 해나가기 위해 시를 쓰고, 그 시에 곡을 붙이고, 그런 다음 녹음을 해서, 앨범을 발표하고, 다시 그 노래들로 채워진 콘서트를 갖고 등의 시와 음악관련 일에 있는 것이고, 특히 그 시어에 있는 것 일 테니까 말이다.

이것은 하나의 데이트 신청인 것이다. "우리가 당신의 '귀를 위한 시'를 위해 노벨문학상을 드립니다. 그리고 12월 10일 만나요. 상 받으러 오세요." 이랬던 하나의 데이트 신청이었다.

데이트에 응할지 안 할지는 딜런이 선택할 자유에 속한다. 밥 딜런을 비판한 이는 노벨문학상이 인류의 자유, 딜런의 자유, 딜런의 시보다 더 우월하다고 생각하는 것일까?

노벨문학상 수상이라는 대단한 상황 속에서 딜런 또한 숙고를 거듭할 수밖에 없었을 것이다. 그것은 노벨문학상이라는 권위에 함몰되지 않으려고 하는 그의 노력일 수도 있다. 그는 뉴욕에도, 기타에도, 노래에도, 콘서트에도, 대화가 통하지 않아 이혼할 수밖에 없었다고 고백한 바 있는 결혼에도, 함몰되지 않았다. 그는 심지어 자유에도 함몰되지 않을 것 같다. 그랬다가는 자유가 자칫 자유라는 감옥이 될 수도 있기 때문이다.

그러니 노벨문학상 역시 그의 삶에 태한 태도를 바꿀 수 없을 것이다. 딜런은 무례하고 건방진 게 아니라 오히려 여전히 늘 그래왔듯이 '무례가 아닌 자유로운 삶을', 그리고 노벨문학상과 스웨덴과 한림원이 존재하는 세계를 '건방지게'가 아니라 '사랑스럽게' 바라보고 대할 뿐이다. 그래서 그는 기타를 들고 그의 밴드와 함께 오늘 밤도 지상의 어느 한 공간에서 두세 시간 정도의 혼신을 다한 콘서트를 해나갈 뿐인 것이다.

밥 딜런의 영향 받은
한국의 청년문화

청년 문화는 혁명과 내통한다. 물론 여기서의 혁명은 군사혁명이 아닌 음악혁명이다. 1968년 프랑스에서 촉발된 68혁명은 유럽과 일본에까지 그 영향을 끼쳤다. 그 근저에는 밥 딜런의 노래도 있다. 그리고 한국의 청년 문화 역시 밥 딜런의 노래의 영향을 받았다. 딜런은 스스로 어느 인터뷰에서 자신의 이미지가 "사회에 위협적인 존재로 비쳐지고 있다."고 말했었다.

한국의 청년문화는 1968년을 그 기점으로 본다. 그 이전엔 대가족 음악문화였다. 나 역시 초등학교 때 위키리의 〈저녁 한때 목장풍경〉을 불렀고, 박재란의 밀짚모자 아가씨, 한명숙의 〈노란 셔츠의 사나이〉를 흥얼거렸다. 심지어 최희준의 〈하숙생〉, 〈길 잃은 철새〉를 부르며 "아, 난 하숙생인가? 아 난 길 잃은 철새야. 암 그렇고 말고." 이렇듯 괜시리 어린 가슴이 감상과 비애에 젖어들곤 했다.

그러다 1968년이 되자 라디오에서 트윈폴리오, 김세환의 노래가 흘러나왔다. 윤형주, 송창식의 〈하얀 손수건〉은 새로운 감성이었다. 나는 사람의 마음에 그리고 내 마음에 그런 고결한 이별이 있었다는 것을 그 노래로 알게 됐다. 그것은 슬픈 행복이었다. 트윈폴리오의 〈슬픈 운명〉(브라운앤다나의 〈Ace Of Sorrow〉의 번안곡)도 슬픈 노래였다. 그러다 문득 김세환의 〈목장 길 따라〉가 들려오면 밤이슬 맺힌 풀 섶 길을 내가 짝사랑하던 동네의 연상의 누님과 국내 어딘가에 있을 성싶은 목장 길, 그것도 밤길을 풀벌레 소리, 개구리 소리 자욱한 가운데 함께 걷는 환상에 빠져들었다.

트윈폴리오도 밥 딜런의 영향을 받았고, 윤형주는 밥 딜런 등의 포크 뮤직에 대해서 공동체의 음악이라고 규정해온 바 있다. 특히 딜런의 〈Blowin' In The Wind〉를 〈바람 속에〉라는 제목의 번안곡으로 부른 바 있다. 윤형주는 밥 딜런의 노벨문학상 수상 소식에 처음엔 자신의 귀를 의심했고, 그래서 "처음에 잘못 들은 줄 알았다" 하지만 "밥 딜런이 늘 인류애를 추구해왔고 풍자든 독설이든, 인간의 사랑에 대해 표현해왔기 때문에 노벨평화상을 수상하지 않을까 생각했다"라고 말했다. 그리고 "밥 딜런의 노래 가사를 시로서 평가한다면 충분히 문학상을 받을 만하다"면서 "오히려 밥 딜런이 너무나 대중적인 가수이기 때문에 오히려 불이익을 받는 것 같다"고도 말했다.

그리고 한대수가 나타난다. 한대수는 긴 머리의 장발과 맨발에 샌들을 신고 황톳길을 걷는 이미지였다. 그는 시대의 공포에 짓눌린 얼굴을 자신의 앨범 재킷에 박았다. 그 보다 어렸던 나는 뭔가 심상치 않은 음악이라고 느꼈다. 부산 사투리로 그는 "행복의 나라"로 손짓했다. 그는 하나의 이정표로 우뚝 서기 시작했다. 그것은 박정희 대통령의 군사정권이 가리키던 제1차 경제개발 5개년 계획 등과는 좀 달랐다. 거기엔 숫자 대신 바람결 같은 한대수, 그의 호흡이 "장막을 걷으라"고 내뱉었다. 나는 우리 집안에 장막이 있나 두리번거렸다. 그 장막이 그 장막이 아니란 것을 어렴풋하게 느끼면서 말이다.

한대수는 경계를 허물고 하나가 되고자 했다. 그는 순수와 순진을 동시에 겸비했다. 맑은 샘물을 손바닥에 움켜쥐고 떠마시는 소년 같았다. 그러나 해맑기보다는 거친 말투였다. 그리고 "물 좀 주소"라고 외쳤고 2집 〈고무신〉이 판매금지, 방송금지 되자, 절망하고 뉴욕으로 휑하니 음악적 망명을 떠난다. 그런 가운데 1971년 양희은이 김민기 작사, 작곡의 〈아침이슬〉을 노래했다. 광야의 예수를 생각나게 했다. 김민기자신은 〈꽃 피우는 아이〉와 〈친구〉를 노래했다.

1.
무궁화 꽃을 피우는 아이
이른 아침 꽃밭에 물도 주었네
날이 갈수록 꽃은 시들어
꽃밭에 울먹인 아이 있었네

무궁화 꽃 피워
꽃밭 가득히
가난한 아이의 손길처럼

2.

꽃은 시들어 땅에 떨어져

꽃 피우던 아이도 앓아 누웠네

누가 망쳤을까

아가의 꽃밭

그 누가 다시 또 꽃 피우겠나

무궁화 꽃 피워

꽃밭 가득히

가난한 아이의 손길처럼

– 김민기, 〈꽃 피우는 아이〉

물론 그 꽃밭은 "울긋불긋 꽃 대궐 차리인 동네/ 그 속에서 놀던 때가 그립습니다"의 그리운 동네 대한민국을 상징한다. 〈종이연〉에서는 "헬로 아저씨 따라 갔다는데"를 아리랑 풍으로 노래한다. 미군부대 주변의 양색시의 이야기다. "간밤에 어머니가 돌아오지 않고 / 편지만 뎅그마니 놓여 있는데 / 그 편지 들고서 옆집 가보니 / 아저씨 보시고 한숨만 쉬네

// 아저씨 말씀 못미더워도 헬로 아저씨 따라갔다던데." 그래서 아이는 종이연을 날린다. 혼혈아라서인지 친구도 없어서, 종이연만 하늘 끝까지, 내 손이 안 닿는 구름 위까지.

필시 너무 가난해서 그런 인생길로 나아가고 풀린 셈인데, 그 아픈 고통을, 그 삶을 김민기는 노래로 기록했다. 이래서 〈아침 이슬〉은 반사회가 되고, 〈종이연〉은 반미反美가 된다. 그 시대는 정말 무슨 말을 하기가 어려웠다. 정태춘의 〈시인의 마을〉도 심의 통과가 안 되어 몇 구절 바꿀 수밖에 없었고, 김창완의 산울림 히트곡 〈아니 벌써〉도 처음엔 저항가요였지만, 가사 심의로 인해 무색투명하게 갔다고 한다.

김민기는 경기고 시절 친구들과 경포대에 놀러갔다가 한 친구가 익사하는 바람에 밤기차를 타고 친구 가족들에게 그 비보를 전하러 가며 명곡 〈친구〉를 만든다. 친구에서 김민기는 "무엇이 산 것이고 무엇이 죽었소"라고 묻는다. 그러나 그 대답은 역시 똑똑치 않다. "눈앞에 떠오는 친구의 모습, 흩날리는 꽃잎 위에 어른거리오"로 대신한다. 비극적 서정의 극치다. 이런 서정은 한대수에게서도 나타난다. 〈옥이의 슬픔〉이 바로 그런 노래이다.

여기에 서유석이 또 나타난다. 한대수로부터 하모니카를

배웠고 한대수가 불던 하모니카도 선물 받았다고 한다. 서유석은 밥 딜런의 〈Blowin' In The Wind〉에 영향 받은 〈파란 많은 세상〉으로 일약 저항의 가수로 분류된다. 그리고 양병집과 이연실이 있다. 양병집은 아예 딜런 풍의 노래가 아닌 밥 딜런의 노래들을 번안곡으로 발표한다. 그것이 바로 〈소낙비〉와 〈역〉이었고, 〈역〉은 훗날 김광석에 의해서 〈두 바퀴로 가는 자동차〉로 제목이 바뀌어 새롭게 사랑받았다.

이렇게 한국의 청년문화의 통기타 1세대들은 밥 딜런의 영향을 듬뿍 받으며 자신의 정체성을 찾기 시작한다. 그것이 '세시봉'에 이은 '청개구리', 그 이후 명동 가톨릭여학생관에서의 '참새를 태운 잠수함' 주말공연(1975~1978)으로 이어지게 된다. '참새를 태운 잠수함'은 1975년 구자형 작곡 발표회로 시작되었는데, 한국 모던포크 언더그라운드 음악운동으로 성격이 확대되면서 전인권, 강인원, 남궁옥분, 한영애, 한돌, 한동헌, 유한그루, 곽성삼, 명혜원, 이종만, 최성호 등이 참여했다. 그들은 순수, 다양, 창조라는 삼색 깃발을 내걸고 한국적 모던 포크를 모색했었다. '참새를 태운 잠수함' 이후에는 '소리패', '종이연'(〈이등병의 편지〉 작곡가 김현성이 이끌고 윤도현 등이 참여) 등이 그 맥을 이어갔다. 물론 대학가를 중심으로 한 '새벽', '노찾사'등의 민중노래패의 민중가요 운동도 있었다. 그 튼실한 열매가 '노찾사' 앨범(100만장 이상 판매)에 수록됐던 안치환의 〈광야에서〉와 〈솔아 솔아 푸르른 솔아〉였다.

Just Like
A Woman

밤이 깊었다. 농장의 불이 꺼졌다. 노예들의 방에도 불이 꺼졌다. 하루종일 목화를 따느라 고단한 노예들이 하나씩 둘씩 잠들어가고 있었다. 그때 소녀인지, 아가씨인지 아무튼 검은 흑인 아가씨가 몸을 일으켜 다시 옷을 주섬주섬 걸치고, 방을 빠져 나온다. 모두들 고단했는지 눈치채지 못한다. 루이지 애나의 달빛이 밝다. 그녀는 자신의 고향이 어딘지 모른다. 막연히 서부 아프리카 어딘가로 알고 있을 뿐이었다. 함께 팔려온 어머니로부터 그 이야기를 들었다.

목화는 하얗고, 환하고 따뜻했다. 그녀는 요즘 목화를 많이 따지 않는다. 그래도 농장의 주인은 그녀에게 관대하다. 두 사람은 서로만이 아는 듯한 눈빛을 주고받았는지도 모른다. 아마 그럴 것이다. 그녀는 백인 농장 주인의 집으로 들어선다. 달빛이 흥건해 마치 물이 흘러 넘친 것만 같다. 어디선가 개가 짖는 것 같았다. 깨어 있던, 그녀를 기다리던 농장 주인은, 그리고 노예들의 주인은, 루이지애나의 작은 왕은 그녀를 이끈다. 그리고 어둠 속으로 달빛 속으로 사라진다. 그런 밤이 하나, 하나 지속될 때마다, 소녀, 아니 어쩌면 아가씨는 하나씩 둘씩 무언가 변화가 생기곤 했다.

그녀는 농장 주인으로부터 작은 선물을 받기 시작했고, 어느 날은 은은하게 반짝이는 진주, 어느 날은 암페타민(마약)의 밤을 경험한다. 그녀는 서서히 여인처럼 굴기 시작한다. 백인 농장 주인과 흑인들 노예 사이에 그녀만의 그 어떤 위치 같은 게 생겨나는 것 같았다.

이상은 밥 딜런의 〈Just Like A Woman〉을 토대로 소설적 구성을 해본 글이다. 〈Just Like A Woman〉은 해석의 여지가 많은 노래다. 음악평론가 이택용은 〈Just Like A Woman〉의 여인이 누군지 불분명하다고 했다. 다만 앤디 워홀의 연인 에디 세즈윅이라는 설과 존 바에즈라는 추측도 있다고 했다. 그리고 가사에 등장하는 퀸 메리Queen Mary가 마리화나를 뜻 하는 말이라고 했다. 그리고 또 다른 해석으로는 'Woman'이 단순히 섹스를 뜻한다는 풀이도 있다고 했다. 그리고 가사에 등장하는 'Rain'은 밥 딜런의 성욕이 최고조에 도달했음을 뜻하는 단어라는 추측과 함께 동반되는 해석이라고 했다.

딜런의 시 노래에 대해서 얼마든지 다양한 해석은 가능하 다. 노래는 듣는 이에 의해 최종 완성되고, 그래서 무한한 꿈 과 다양성이 가능한 예술이다. 하지만 나는 좀 다른 해석을 한다. 그래서 이 글의 시작 부분에 소설적 구성을 사용한 것 이다. 그리고 퀸 메리의 경우, 흑인 노예 제임스 서머셋과 관 계가 있다고 생각한다. 제임스 서머셋은 1769년 미국 보스턴 에서 일하던 중 주인을 따라 영국 런던으로 건너와 다시 1년 을 노예 생활한다. 그러다 탈출했으나 50일 만에 다시 붙잡 히고 퀸 메리 배 안에 감금 당한 채 자메이카의 농장으로 팔 려 갈 처지가 되고 만다. 이때 존 말로 등의 영국인 3인이 제 임스 서머셋을 자유의 몸으로 풀어달라고 법원에 요청한다.

덕분에 흑인 노예 제임스 서머셋은 재판에서 승리를 거두고 자유의 몸이 될 수 있었다. 여기엔 노예제도가 인권을 심각하게 침해하고 자연법에도 위배된다고 주장한 노예폐지론자 그랜빌 샤프의 도움이 컸다. 그리고 가장 중요한 것은 제임스 서머셋이 노예생활을 거부할 수 있다는 자유의사에 대한 지지와 판결이었다. 이 사건은 '퀸 메리 호의 서머셋 사건'이라 불리며 노예폐지운동의 이정표가 되었다.

그로부터 20년 후인 1789년 자유와 평등, 박애를 내세운 프랑스혁명이 있었고, 이때 장 자크 루소를 비롯한 계몽 사상가들은 '인권선언'을 통해 인간의 천부적 권리는 장소와 시간을 초월해 보편적이라고 선포했다. 이 말은 결국 모든 사람은 평등하게 태어났고, 창조주는 몇 개의 양도할 수 없는 권리를 모든 인간에게 부여했으며, 그 권리 중에는 생명과 자유와 행복의 추구가 있다, 라는 1776년 7월 4일 발표된 '미국 독립선언문' 내용을 다시 말하기 한 셈이다.

아무도 내 고통에 공감 못 할 거야
오늘 밤 빗속에 서 있는 나처럼은
모두가 알지 그녀가 새 옷을 입었다는 걸
하지만 요즈음 리본 머리띠가

그녀의 곱슬머리에서 떨어진 걸 알게 됐어

그녀는 여자처럼 받아들여, 그래 그렇고 말고

그녀는 여자처럼 사랑을 나눠, 그래 그렇고 말고

아플 때도 여자처럼 아파하지

하지만 어린 소녀처럼 무너지기도 해

Nobody feels any pain

Tonight as I stand here in the rain

Ev'rybody knows

That Baby's got new clothes

But lately I see her ribbons and her bows

Have fallen from her curls

She takes just like a woman, yes, she does

She makes love just like a woman, yes, she does

And then she aches just like a woman

But she breaks just like a little girl

– 〈Just Like A Woman〉 중에서

나는 〈Just Like A Woman〉의 여인을, 여인처럼 굴기 시작
한 아직 여린 소녀 혹은 아가씨로 해석한다. 그리고 노래 속

의 화자話者는 여인처럼 구는 그녀를, 연민으로 바라보는 누군가의 시선인 것이다. 노랫말을 보면 그녀의 곱슬머리에서 리본이 떨어졌다는 얘기가 나온다. 어린 소녀들이 애용하는 리본이 사라진 것이다. 그리고 새 옷을 아기들이 입었다고 한다. 누군가 새 옷을 선물했다고 보고, 그 누군가가 백인 농장 주인이라 여기는 것이다. 그런데 그런 모든 상황을 그녀는 받아들이고 여자처럼 사랑을 나눈다고, 이 노래는 이야기를 끌어나가고 있다. 그 결과 그녀는 여자처럼 아파하고 소녀처럼 무너진다고 한다. 아무런 자신의 뚜렷한 정체성도 없이, 존재감 없이 여자처럼 사랑을 받아들였기 때문인 것이다.

또한 노래 속의 화자는 처음부터 비가 왔지만 목이 말라 자신은 죽어가고 있다고 말한다. 왜 그럴까? 절대 이런 상황에 동조할 수 없기 때문이다. 눈 감을 수도 없기 때문이다. 그래서 고통이라고 말한 것이다. 하지만 그래서 난 여기 왔다고 말한다.

〈Just Like A Woman〉은 1966년 5월 16일 발표된 밥 딜런의 7집 앨범 〈Blonde on Blonde〉에 수록됐었다. 2장짜리 더블 앨범의 첫 장의 LP Side 2의 네 번째 트랙이었다. 이 앨범에는 〈I Want You〉, 〈Rainy Day Women #12&35〉 등이

함께 수록됐었다. 〈Just Like A Woman〉은 짙은 페이소스가 깔린 노래다. 밥 딜런의 음악 중에서도 이 노래는 그 비슷한 스타일을 찾아볼 수 없을 만큼 어마어마하게 독창적인 노래다. 리듬도, 코드 진행도, 노래가 흘러가는 분위기도, 느낌도 모두 다르다. 〈Blonde on Blonde〉는 영국에서 앨범차트 3위, 미국에서는 9위를 했다. 〈Just Like A Woman〉은 빌보드 싱글 차트 3위를 했다.

Fallen
Angels

밥 딜런의 37번째 앨범 〈Fallen Angels〉는 2016년 5월 20일
발표됐다. 녹음은 LA의 캐피톨 스튜디오에서 2015년 2월
부터 2016년 3월 사이에 진행됐다. 프로듀서는 잭 프로스트
Jack Frost였다. 미국의 옛 노래들을 밥 딜런이 다시 부르기 한
이 앨범을 사운드 리뷰한다.

1. Young At Heart

1953년 프랭크 시나트라가 오리지널 가수다. 스틸 기타

가 흘러나온다. 위스키로 밤새운 듯한, 그래서 여전히 눈썹에 밤하늘의 별들이, 거기 대롱대롱 매달린 듯한 그런 목소리로 부스스 잠깨어, 어슬렁거리는 그런 목소리로 딜런은 노래한다. 딜런은 달리지 않고 노래한다. 마치 김수영의 시 「봄밤」 같은 어조다.

애타도록 마음에 서둘지 말라
강물 위에 떨어진 불빛처럼
혁혁한 업적을 바라지 말라

개가 울고 종이 들리고 달이 떠도
너는 조금도 당황하지 말라

—김수영, 「봄밤」 중에서

2. Maybe You'll Be There

1948년 고든 제킨슨에 의해 발표돼 빌보드 싱글 차트 3위를 했다. 해변에서는 뛰어도 좋다. 발이 빠져 그다지 빨리 뛰지 못한다. 해변 같은 노래다. 철 지난 바닷가, 파라솔 헝겊이 여기저기 찢어져 낡은 기병대의 깃발 같다. 역사처럼 허무한 게 어디 있을까? 모두 떠났고 딜런 혼자만 남았다. 하지만 딜런은 딜런을 떠나지 않는다. 딜런의 매력이다. 그는 어쩌면 지상에 존재하고 앞으로도 존재할 유일한 인간인지도 모른다. 이 노래는 사뮈엘 베케트의 희곡 『고도를 기다리며』 같다.

에스트라공 : 어디로 갈까?

블라디미르 : 멀리 갈 순 없지.

에스트라공 : 아냐, 아냐. 여기서 멀리 가버리자.

블라디미르 : 그럴 순 없다.

에스트라공 : 왜?

블라디미르 : 내 다시 와야 할 테니까.

에스트라공 : 뭣하러 또 와?

블라디미르 : 고도를 기다리러.

에스트라공 : 참 그렇지. (사이) 안 왔냐?

블라디미르 : 안 왔다.

— 사뮈엘 베게트, 『고도를 기다리며』 중에서

3. Polka Dots and Moonbeams

프랭크 시나트라가 1940년에 발표한 재즈 스탠다드 송이다. 사라 본, 블루 미첼, 웨스 몽고메리 등의 버전도 있다. 달빛 아래 춤추는 연인들, 연인들은 좋겠다. 사랑만 하면 되니까. 이윽고 스틸 기타의 감미로움이 멀어지고 딜런의 목소리가 나타난다. 딜런은 시간의 어깨와 허리를 감싸고, 부여잡고, 시간이라는 그녀의 총기 어린 머릿결의 향기를 바다 내음과 함께 맡는다. 이것은 약간의 블루스이다. 만약 당신도 연인과 함께라면, 지금 그 자리가 어디든 이 노래에 맞춰 춤추시길. 만약 혼자라면 딜런처럼 시간과의 블루스를 정중하게 요청하고, 그래서 그대만의 스텝을 밟아나가길, 그렇게 걷다 보면 영원의 바닷가에 도착할지 모른다.

4. All the Way

프랭크 시나트라가 1957년에 발표한 곡이다. 미국 빌보드 차트 2위, 영국 차트 3위에 올랐었다. 빌리 홀리데이, 닐 세다카, 그렌 캠벨도 불렀었다. 이 목청은 비탄에 가까운 비애와 비통에 속한다. 도저히 격한 감정을 채 추스르지도 못하고 다독거릴 수 없다. 어쩌면 누구나 심장이 수천 개가 넘을지도 모른다. 기타가 달콤해서 입맛을 다시게 한다. 언젠가 세상과 이별할 때를 위해 만들었던 필자의 5집 앨범 〈코끼리〉와 더불어 밥 딜런의 〈All the Way〉가 수록된 앨범 〈Fallen Angels〉를 번갈아가며 들어도 좋을 것 같다.

5. Skylark

1940년대 초부터 불리고, 1942년에 글렌 밀러 악단의 연주도 발표된 곡이다. 아네사 프랭클린, 베트 미들러, 린다 론스타드도 노래했었다. 이 노래는 아이의 작고 귀여운 두 발을 어른인 딜런의 두 발 위에 올려놓고 뒤뚱뒤뚱 춤추는 정경 같다. 이 이상 더 무엇이 필요할까? 집시의 토요일 같은 이 노래는 그녀의 이마 위에 밝게 빛나는 그런 햇살 같은 노래다. 그래서 눈물이 농담 같아지는 노래다.

6. Nevertheless

원제가 〈Nevertheless I'm In Love With You〉인 이 노래는 1931년 크리스마스 캐럴의 거장 빙 크로스비가 처음 발표했다. 퉤퉤 거리듯, 입안에 머리카락이 붙은 것처럼 그렇게 시작되는 창법의 노래다. 몸에 좋은 약은 입에 쓰다고 했다. 이

별 역시 매우 독할 정도로 쓰고, 딱히 몸에도 마음에도 그리
좋을 것 같진 않은데, 그래도 나중에, 나중에 한참 지나 생각
해 보면, 사랑보다 더 찬란한 게 이별 아닌가? 이렇게라도 위
로가 필요하다. 만약에 애로가 많은 삶이라면 말이다. 이 노
래를 듣노라면 딜런 토마스의 시들이 생각난다. 「푸른 도화
선 속으로 꽃을 몰아가는 힘이」 혹은 「10월의 시」 같은 시들
이 말이다.

7. All or Nothing At All

프랭크 시나트라가 1939년에 발표했고, 빌보드 싱글 차트
1위를 했었다. 누구나 지친다. 그래도 가야 한다. 미쳐버리지
말고 말이다. 스티브 잡스는 자신의 영웅, 롤 모델인 밥 딜런
을 만나기 전에 걱정했다고 한다. 만약에 딜런이 늙어버렸다
면 어쩌나 하고 말이다. 그러나 전혀 그렇지 않았다. 스티브
잡스의 마음에 해가 두둥실 떴다. 그렇다. 이 노래는 생텍쥐
페리의 『인간의 대지』처럼 그 어떤 사막이라도 끝까지 걸어
나가 베두인을 만나 따뜻한 차 한 잔 마시며 몸 녹이듯, 그런
꿈을 꾸게 한다.

아내가 파비앵에게 질문한다. 이번 비행이 며칠이나 걸릴
지를. 그러자 파비앵은 미소 짓고, 나는 날아서 매우 빠르
게 멀어질 거라고 말한다. 아내가 하늘을 가리키며 말한다.
날씨가 좋다고, 그리고 파비앵이 날아갈 길에 별들이 가득
하다고 말한다. 파비앵은 한동안의 이별을 위한 작별의 키
스를 아내에게 한다. 약속한 파비앵이 돌아오는 날, 그런
밤이면 아내는 비행장에 전화를 건다. 파비앵 씨의 비행기
가 도착했나요?

— 생텍쥐페리, 『인간의 대지』 중에서

8. On A Little Street in Singapore

1930년대와 1940년대에 많이 연주됐었던 곡이다. 프랭
크 시나트라가 노래했고, 그렌 밀러, 버트 켐퍼트 악단의 재
즈 연주도 있다. 서부 영화의 말발굽 소리 같은 게 들려온다.
그 흙먼지도 보이는 듯하다. 반복의 리듬 속에, 문득 그토록
찾던 출구가 나타난다. 그 출구엔 이름이 없다. 당신이 이름
을 지어주세요. 우리보다 더 외로운 출구를 위해서.

9. It Had to Be You

이쉬암 존스가 1924년에 발표한 곡이다. 라이너 마리아 릴케의 단편소설 「노인」의 마지막 장면은 이렇다. 요양원에 있는 두 노인 중 퉁명스럽고 거친 노인의 손녀가 이따금 찾아온다. 어느 날 그 소녀는 거친 노인 페터 니콜라스, 즉 자신의 할아버지와 함께 놀다가 귀가할 시간이 되어 작고 귀여운 금발의 뒷모습을 남기고 돌아간다. 그럴 때마다 소녀가 갖고 놀던 풀꽃 몇 송이가 풀밭에 떨어진다. 그러면 페터의 친구 크리스토프가 고딕풍 손가락을 내밀어 그 불쌍한 풀꽃송이들을 집어 든다. 그리고는 양로원 자신들의 방으로 돌아와 크리스토프는 빈 컵에 물을 담고 그 '불쌍한 풀꽃 두 송이'를 꽂아놓고, 그 모습을 페터는 계속 지켜보고 있다. 애잔하다는 말은 이 노래를 위해 만들어진 단어다.

10. Melancholy Mood

미국의 대공황 이전에, 미국이 흥청거릴 때 재즈가 번성했다. 이 곡에는 그런 재즈적인 요소, 그리고 뉴욕을 대표하는 영화감독 우디 앨런적인 요소가 있다. 이것은 재즈 클럽의 등불이 반짝이는 다운타운에 대한 환상과 그에 대한 헌사다.

한마디 덧붙이자. 루이 암스트롱에게 어느 어린이가 물었다. "아저씨 재즈가 뭐예요?" 그러자 루이 암스트롱은 "얘야. 재즈가 무어냐고 묻는 한 너는 영원히 재즈를 알 수 없단다."라고 답했다.

11. That Old Black Magic

그렌 밀러 악단이 1942년 처음 발표했다. 프랭크 시나트라도 노래했다. 디지 길레스피, 톰 존스, 더 플래터스, 페기 리 등의 버전이 있다. 이 앨범에서 가장 현란한 노래다. 딜런은 갑자기 눈부신 댄서가 된다. 무대를 비추는 조명이 기뻐하고, 그 전율을 타고 딜런은 무대를 누비며 채플린처럼 뛰어 오른다. 채플린이 말했다. '인생은 가까이에서 보면 비극이지만 멀리서 보면 희극이다.'

12. Come Rain Or Come Shine

뮤지컬 〈St. Louis Woman〉을 위해 만들어진 곡이다. 시 올리버가 발표했고, 레이 찰스, 카니 프랜시스, 제임스 브라운, 바브라 스트라이샌드, 돈 헨리, 에릭 클랩튼, 쳇 베이커 등도 노래했다. 이건 뭐랄까? 얌전한 줄만 알았던 그 누군가가 문득 황홀하다는 것을 알게 되는 그런 순간 같은 것이다. 그렇다. 한용운의 시 「님의 침묵」에서 등장하는 '날카로운 첫 키스' 같은 노래다.

이 노래는 이 앨범의 마지막 트랙이다. 달릴 필요는 없다. 주머니에 손을 넣고 당신의 긴 머리카락을 흩날리며 나아가자. 부푼 돛처럼, 떠나가는 배처럼 그렇게 세상의 한복판으로 나아가면 된다. 당신 삶의 가장 빛나는 그 순간으로 그게 추억이든, 지금이든 상관없다. 알고 보면 같은 말이다. 딜런은 줄이 한 가닥만 남은 첼로 같다. 그리고 그 위를 스쳐가는 바람이다. 지쳤다고 해도 맞고, 그게 그리 나쁘지 않다.

Song To
Dylan

내 고향에서 멀리 떨어진 곳에 와 있네

다른 이들이 내리 걸었던 길을 따라가며

당신의 세계와 사람들을 보고 있답니다

당신의 가난한 사람들과 거친 사람들과 왕자들과 왕들을

I'm out here a thousand miles from my home

Walkin' a road other men have gone down

I'm seein' your world of people and things

Your paupers and peasants and princes and kings

헤이, 헤이, 우디 거스리, 난 당신을 노래해요

Hey, hey, Woody Guthrie, I wrote you a song

– 〈Song To Woody〉 중에서

밥 딜런은 〈Song To Woody〉를 작사, 작곡하면서 노래를 만들고 부르는 포크 싱어송라이터로서의 진정성을 체감했다고 훗날 고백한 바 있다. 노래가 병들고 지친 세상을 구할 수 있고, 그런 노래들을 해야 한다는 생각의 씨앗을, 〈Song To Woody〉의 음표들을 통해 스스로의 가슴에 뿌렸고, 거기서 돋아난 새싹과 붉은 꽃잎들을 그의 입술을 통해서 세상에 전하기 시작했던 것이다.

〈Song To Woody〉로 인해 밥 딜런은 방랑자의 의식을 갖게 된다. 하지만 자신은 아직 세상을 많이 보지 못했다. 아직 아메리카 대륙횡단을 통한 미국 사회의 하층민들의 고통을 충분히 바라볼 수 없었다. 하지만 그럼에도 불구하고 밥 딜런은 이놈의 세상살이가 얼마나 힘든지, 또 그 중에서도 유난히 더 힘겨운 사람들이 죽지 못해 살아가는지도 이미 똑똑히 인식하고 있었다. 그래서 그런 사람들을 보고 밥 딜런은 죽음을 향해 걸어가는 것 같다고 했고, 어쩌면 그 사람들은 세상에 태어나지도 않은 것 같다는 딜런다운 규정을 내린다. 현재 목숨이 붙어 있는 사람들을 보고 태어나지도 않은 것 같다는 말이 무슨 말인가? 그것은 아마도 24시 편의점이 아니라 24시 고통의 육신과 마음을 겪어내는 그런 인간을 가리키는 말인 것이다. 한국식 표현으로 한다면 죽은 목숨 같다고나 할까.

〈Song To Woody〉에서 딜런은 또 이런 말도 한다. 위대한 우디가 바라봤던, 만났던 그 모든 선량한 미국인들에게 이 노래를 바친다고. 우디에게 바치는 노래가 더 나아가면 우디가 사랑했던, 아파했던 그 사람들, 늘 평생을 넉넉한 가난과, 풍요로운 비애가 넘치고, 온 사방이 사면초가인 그런 사람들, 외로움을 생수 마시듯 하고, 괴로움을 제2의 피부처럼 지니고 다니는 그런 사람들에게 바친다는 것이다. 그 사람들을 사기치고, 착취하고, 짓밟고, 가축 취급하고, 종 부리듯 하는 게 아니라 위대한 우디에게 바치듯, 미국 사회의 하부구조를 이루고 있는 그 고통 받는 고독한 사람들에게 바친다는 것이다.

위대한 우디 거스리, 위대한 밥 딜런의 위대함은 어디서 나오는가? 우디 거스리와 밥 딜런이 고통 받는 사람들을 사랑하기 위해 서툴게 써내려간 그 삐뚤빼뚤한 음악 편지 때문인 것이다. 그 고독한 사람들을 위해 그들은 노래하고 기타 치고 앞장서고 이것이 바로 윤동주 시인의 시심이자 문학 정신인 "잎 새에 이는 바람 한 점에도 나는 괴로워했다"인 것이다. 그렇다. 윤동주 시인의 서시에서 나타나는 "죽는 날까지 하늘을 우러러 한 점 부끄럼 없기를" 이 시 구절은 우디 거스리의 음악 정신이다.

말하자면 우디 거스리가 미국의 하층민들과 일심동체가 되어 살았다면 그래서 그 자신 자체가 미국의 가난이었다면, 밥 딜런은 미국 아니 더 나아가 세계의 자유와 일심동체가 되어 삶을 걸어나갔던 것이다. 밥 딜런은 훗날 미국 대륙횡단 여행을 하면서 〈Mr. Tambourine Man〉을 작곡하기도 했지만 딜런의 마음과 정신과 영혼과 발자국들은 자유라는 대륙을 횡단을 넘어서서 종횡무진했다.

그런 가운데 〈Song To Woody〉에서 딜런은 노래의 맨 마무리 부분에서 결코 하고 싶지 않은 생각이 있다고 한다. 그것은 내가 너무 힘든 방랑을 했다고 회상하지 않길 바란다는 얘기였다. 참 인간적이다. 62년 데뷔 앨범에서의 〈Song To Woody〉에서 딜런은 스스로 우디 거스리를 지지하고 그 길을 따라 갈 것이지만 결코 자신의 자유의 길도 포기하지 않을 것임을 은연중에 내비치고 있는 것이다. 도대체 이처럼 머물지 않는 자유의 방랑자가 또 어디 있을까?

아무튼 〈Song To Woody〉를 통해 딜런은 우디의 정의감에 대해 위대하다고 말한다. 하지만 딜런은 뉴욕을 떠난다. 정의를 위해 저항하지만, 저항만 남고 노래가 사라질까봐 그는 뉴욕을 떠난다. 우디 거스리로부터도 떠난다. 자신의 길을 걸어가기 위해서였다.

딜런의 어린 시절, 어머니의날이었다고 한다. 딜런은 그날 할머니를 위한 노래를 준비한다. 하지만 할머니와 어머니 그리고 몇몇 어른들은 그런 딜런의 생각을 모른 채, 한창 이야기꽃을 피우고 있었다. 그러자 애가 탄 딜런은 큰 소리로 외친다. "모두들 잠시 날 좀 보세요. 제가 노래할 거거든요." 그래서 부른 노래가 〈Some Sunday Morning〉이었다. 노래를 다 부르고 나자 박수가 나왔고 이는 딜런의 생애 첫 무대였다.

이듬해 딜런의 남동생 데이비스가 태어난다. 그 무렵 딜런의 아버지는 몸이 아파 가족들과 함께 딜런, 어머니의 고향인 미네소타 북부의 인구 6천 명 정도의 히빙으로 거처를 옮긴다. 히빙은 철광석 광산으로 알려진 곳이었다. 히빙에서 딜런의 아버지는 가구점을 운영한다. 히빙은 보수적인 동네였고 일요일이면 모두들 교회를 가는 기독교인들과 가톨릭 신도들이 많은 곳이었다. 이런 유년기에 딜런은 유대인 관습에 따라 생활하며 히브리어를 배운다.

딜런은 어린 시절부터 이야기꾼으로 유명했다. 친구들에게 "난 고향에서 뛰쳐나왔지." "서커스단에서 일한 적도 있어." 라고 자랑스러운 듯 진지한 어조로 말하곤 했다. 딜런이 살던 히빙의 지역 라디오에서는 로큰롤이나 R&B를 방송하지 않았다. 딜런은 TV의 〈에드 셜리반 쇼〉 등을 통해서 엘비스를 알게 되고, 리틀 리처드를 보게 된다. 딜런은 10살 때 사촌으로부터 피아노를 배웠고, 10대 시절 기타를 배우기로 결심한다. 딜런의 부모들은 이렇게 기타에 열의를 갖고 있는 딜런에게 1년간 기타 가게에서 빌려주는 임대 기타를 딜런에게 안겨주었다. 딜런은 대부분의 혼자 기타 공부하는 사람들이 그렇듯이, 코드 책을 갖고 독습하며 기타에 빠져든다. 그리고 용돈을 모아 39달러짜리 생애 첫 기타를 구입한다.

10대 시절의 딜런은 스포츠 운동보다는 시를 쓰고, 그림을 그리고, 기타에 열중한다. 그리고 할리 데이비슨 오토바이를 타고 같은 또래의 귀여운 여자들과 데이트를 한다. 그 시절의 첫사랑 여자친구가 에코 스타 헬스트롬이었다. 둘은 함께 음악 얘기가 잘 통했고, 둘 다 로큰롤과 R&B를 좋아했다. 그러나 첫사랑은 풋사랑으로 끝나고 만다. 하지만 밥 딜런의 마음에 깊숙이 아로새겨졌고, 훗날 2집 앨범에 수록된 수록곡 〈Girl From The North Country〉는 바로 그녀에게 바치는 노래였다. 딜런은 졸업선물로 포크 레코드 전집을 받는다. 이 시절 리드 벨리Lead Belly의 히트곡 〈Goodnight Irene〉과 더 위버스The Weavers의 노래에도 흠뻑 빠진다.

히빙 고등학교를 졸업한 딜런은 집에서 그리고 히빙에서 벗어나기 위해 미네소타 대학에 간다. 부모들은 딜런이 학위를 따고 다시 히빙으로 돌아오길 원했지만 딜런은 딩키타운의 10 O'Clock라는 커피숍에서 약간의 돈을 받고 노래했고, 다른 커피숍에서도 때로는 무료로 노래했다. 그에겐 무대와 청중이 필요했고 그러면 행복했다. 이 무렵의 딜런 목소리는 거칠기는커녕 오히려 귀엽고 예쁜 목소리였다고 기억하는 친구들이 있다.

그러던 중 한 친구가 우디 거스리의 책『영광을 위한 도약 Bound For Glory』을 빌려준다. 그 책에서 딜런은 수많은 가난한 사람들이 자신의 인생을 바꿀 기회조차 갖지 못하고 있다는 우디 거스리의 말에 깊은 감명을 받는다. 딜런의 영혼이라는 양초의 심지에 우디 거스리의 영혼의 불꽃이 당겨진 것이었다. 딜런의 나이 10대 후반이었고 스무 살 되던 해인 1961년 딜런은 미네소타 대학을 중퇴하고 뉴욕으로 떠난다.

I'm
Not There

2007년 토드 헤인즈 감독이 만든 영화 〈아임 낫 데어I'm Not
There〉는 밥 딜런의 다양성과 변화를 그린다. 물론 그 변화에
대해서 사람들은 꾸준히 비난도 하고, 손가락질도 하고, 비
난도 하고, 화도 냈다. 예를 들면 처음 딜런의 노래가 알려지
기 시작하자, '노래를 너무 못한다.' '그것도 노래냐?' '목소리
가 그게 뭐냐?' '목소리가 사포처럼 너무 거칠다.' '음정이 불
안하다.' 심지어 지미 헨드릭스도 함께 그리니치빌리지에서
쭐쭐 굶고 다닐 때, 딜런의 노래를 듣고, '저렇게 음정이 가는

데도 노랠 큰 소리로 끝까지 부르는 딜런, 이 사람은 정말 그 배짱 하나 높이 살 만하다'라는 생각을 했었다. 하지만 그 웅얼거림 창법의 딜런으로부터 용기를 얻고 지미 헨드릭스도 노래를 시작했다고 한다. 지미 헨드릭스는 가창력의 잣대에 자신을 재단하려 했었고, 딜런은 자유라는 잣대, 아니 자유라는 등대의 그 불빛을 따라갔던 것이다.

딜런을 노벨문학상 수상자로 선정하면서 스웨덴 한림원은 밥 딜런이 호머와 사포 등 그리스 시인들의 작품 정신을 공연을 통해 관객들이 귀로 듣도록 했다며 선정 이유를 발표했다. 이와 관련해 밥 딜런은 〈Blind Willie〉, 〈Joey〉, 〈Hurricane〉 등 자신의 일부 노래가 '확실히 호머 시풍의 가치를 담고 있다'고 조심스럽게 얘기했고, 자신의 노래 시에 대해 "다른 사람들이 그것들(가사의 의미)이 무엇인지 결정하도록 놓아두겠다. 나는 가사 해석에 있어 적임자가 아니다."라고 했다. 딜런은 또 "원하든 그렇지 않든, 홀로 이것을 겪어야 하고, 자기 자신만의 별을 따라가야 한다."고 덧붙였다.

영화 〈아임 낫 데어〉에는 딜런의 여러 가지 삶의 변화 속에서 사람들이 바라봤던 다양한 딜런의 이미지들이 나온다. 시인 랭보의 자유와 방랑의 이미지, 경쾌한 블루스를 노래하

179

는 흑인 소년의 가계도를 거슬러 올라가보면 나타나는 노예의 이미지와 그 흑인 소년에 겹쳐서 나타나는 우디 거스리의 가난한 사람들에 대한 연민과 그런 사정과 심정들에 대해 끝없이 노래하는 싱어송라이터의 이미지, 포크 가수의 이미지 그리고 리처드 기어가 연기한 구경꾼이랄까, 내밀한 자아랄까, 그 어떤 가면도 쓰지 않은 '벌거벗은 시' 같은 이미지 등이 등장한다.

아마도 딜런의 아버지 또한 딜런의 이런 다양성과 변화를, 자유를 이해할 수 없었던 것 같다. 세계가 딜런을 물들이고 딜런이 다시 세계를 바꿔가는 상황을, 그래서 딜런이라는 한 개인이 여러 명의 자아를 갖게 되는 흐름과 그 이야기들을 딜런의 아버지는 혼란스러워했던 것 같다. 하지만 시가, 음악이, 기타가, 하모니카가, 그리니치빌리지가, 존 해먼드가, 존 바에즈가, 뉴욕이, 세계가 그를 선택했던 것이다. 그것은 시간과 공간을 초월한 모든 정신적인 아름다운 것들의 영원함이 봄처럼 따스하게, 여름처럼 뜨겁게, 가을처럼 황홀하게, 겨울처럼 순결하게 딜런을 통해 노래하고자 했던 것이다.

그것들은 물론 모든 이루고 싶은 소망과 이룰 수 없었던 아픔의 총체적 진실일 것이다. 거기에 문득 번개가 번쩍이고,

천둥이 울고, 비가 내린다. 머리카락이 젖고 어깨가 젖기 시작한다. 그리고 가장 느린 기차가 나타난다. 그 기차는 바람의 구두를 신었다. 그 달려오는 기차, 멀어지는 기차, 그 풍경을 바라보는 딜런의 입에서, 가슴에서, 뱃속에서 쏟아지는 생수가, 딜런의 시와 노래들이 1962년부터 지금껏 가장 목마른 자들의 목을 축여왔던 것이다.

그렇다. 시는 평등을 추구한다. 억압 대신 사랑의 은은함이다. 시는 작은 동물과 저녁 노을과 별빛과 바람결을 사랑한다. 그 사이를 걸어가는 그대의 뒷모습을 사랑한다. 시는 가장 먼 곳에서 가장 멀리 있는 가장 외로운 당신을 생각한다. 가슴으로 그리워하고, 마음으로 애태우고, 그 불빛에 의지해 바라본다. 시는 욕심쟁이다. 너무 많은 것을 사랑하고 종이 위에 연필로 고백한다. 시는 기록할 뿐, 그 이상 바라지 않는다. 시는 그래서 무욕의 외나무다리를 건너 무심의 바다로 향해 가는 똑딱선이다.

그렇다. 시는 세계의 모든 것들과 거리를 둔다. 시와 세계 사이에 평화가 있다. 이 공간은 비무장지대이고 이는 공자가 설파한, 간곡히 부탁했다고도 볼 수 있는 예禮에 속한다. 공동의 광장이자 만남의 카페인 것이다.

시는 자유다. 개인의 자유를 통한 사회의 발전과 국가의 행복과 인류의 비전을 성취한다. 그래서 시는 가장 작은 소리, 가장 낮은 자의 울음소리에 귀 기울인다. 시는 그런 작고 사소한 아픔들을 받아들인다. 그리고 그것들을 품고 또 자유롭게 씩씩하게 걸어나간다.

Talkin'
Seoul

급할 때 먹기 좋은 김밥을 요즘 안 먹는다. 막 해놓은 밥솥에
화학조미료를 뭉텅이로 넣은 다음, 주걱으로 섞고 있는 걸
본 이후부터다. 나는 그 동안 김밥이 왜 꿀맛이었는지 알게
됐다. 아니 꿀맛으로 착각한 조미료 맛이었다. 그러고 보니
어린 시절 먹던 원래의 맛이 다 사라지고 말았다. 그러나 포
크에는 그런 원래의 맛이, 옛날 노래 맛이 살아 있다. 특히 딜
런의 초기 앨범들엔 그런 포크의 원래의 맛이 참 좋다. 눈물
날 만큼 좋다. 원래의 맛이 다 사라진 세상이어서 더 그렇다.

군이 비유를 한다면 블랙커피의 맛이다.

딜런의 내한 공연이 2010년 3월 31일, 서울 올림픽 공원 체조경기장에서 저녁 8시에 열렸다. 건반을 치며 옆모습만 주로 보여주던 딜런, 학교 강당 조명 같은 아무런 치장도, 효과도 내세우지 않았던 딜런의 내한공연은 그야말로 딜런의 강력한 목소리, 당시 70세를 코앞에 둔 나이라고는 믿어지지 않는, 오히려 20대 후반이나 30대 초반 쯤의 힘이 느껴져 왔다.

밥 딜런을 홍보하던 사람들은, 밥 딜런으로부터 오만과 신비라는 두 개의 키워드를 추출해낸다. 그것은 기존 질서에 순응하지 않고 시대의 진실과 영원한 진리를 살아가고, 노래하고, 기타 치고, 하모니카 불고, 콘서트하는 딜런에게 어울리는 '오만'이었다. 베토벤은 아름다운 그리고 새로운 음악을 위해서라면 기존의 음악 법칙은 깨뜨리고, 바꿔도 좋다고 했다. 이런 베토벤의 음악선언이 노래로 나온 게 바로 밥 딜런의 〈The Times They Are A-Changin'〉이다. 그리고 그 노래 속 철학과 정신과 영혼을 평생 실천해온 게 밥 딜런의 37장 앨범이고, 수천 회의 크고 작은 콘서트인 것이다.

혁신의 대명사 스티브 잡스도 딜런을 존경했다고 한다. 그래서 1984년 1월 24일 매킨토시 발표의 순간, 스티브 잡스는 딜런의 노래, 〈The Times They Are A-Changin'〉의 가사를 낭독했었다.

> 오늘의 패자가 내일의 승자가 될 거야
> 시대가 변하고 있으니까
> For the loser now will be later to win
> For the times they are a-changin'

여기서 한걸음 더 나아가 스티브 잡스는 한때 딜런의 연인이었던 14세 연상의 여인, 존 바에즈와 결혼설이 나돌 정도로 가까운 연인 사이가 된다. 결과는 존 바에즈가 스티브 잡스로부터 떠나는 이별이었다. 이에 대해서 음악관계자들은 존 바에즈를 스티브 잡스가 좋아한 이유는 스티브 잡스가 밥 딜런을 코스프레한 게 아니냐 하는 설도 있다.

스티브 잡스는 2010년 1월 27일 애플의 태블릿 PC 아이패드를 최초 공개하는 역사적인 장소에서도 검은색 터틀넥 니트와 청바지 그리고 하얀 운동화 차림으로 올라와서 밥 딜런의 〈Like A Rolling Stone〉을 들었다. 스티브 잡스는 2004년에 딱 한 번 밥 딜런을 만났고, 그 만남 이후 더욱 밥 딜런을 존경했다. 그 만남에서 딜런은 스티브 잡스에게 새로운 것을 만들어내기 위해서는 끝까지 밀어붙여야 한다고 말했다. 딜런은 그렇게 기타 연주 실력도, 음악의 변화도, 음악계와 세계 속에서의 자신의 삶과 그 행보도 늘 끝까지 밀어붙이고, 혁신과 음악 혁명의 끝을 늦추지 않았다.

그런데 밥 딜런의 창법을 들어보면 그는 무언가 황급히, 화급히 찾아다니는 사람 같은 목소리의 곡들이 꽤 된다. 천 개 아니 만 개의 서랍이 달린 이 세상이라는 테이블의 서랍 속에서 그 어딘가에 들어 있을 자유, 사랑, 평화, 눈물, 여행, 기차 등을 찾기 위해 이 서랍, 저 서랍을 유한한 인생 속에서 그래서 분주한 손놀림과 목소리로 그는 그것들을 지금도, 오늘도 찾고 있는 것이다.

최인호 작가의 「술꾼」이란 단편소설이 있다. 거기 보면 어린 소년이 매일 동네 주점을 여기저기 다니며 '집에 어머니가 피를 토하고 죽어가요. 우리 아버지 못 봤어요?' 하며 아버지를 찾아다닌다. 그러면서 술을 한 잔씩 얻어 마시곤 한다. 그러나 소설의 마무리에서 그 소년은 고아원으로 돌아간다. 소년이 거짓말을 했던 것일까? 딜런도 그렇게 늘 무언가를 찾아다니는 여행자의 노래인 것이다.

또한 생텍쥐페리의 『어린 왕자』를 보면 어린 왕자가 허풍쟁이, 지구학자, 술꾼 등을 만나듯이 딜런도 어린 왕자처럼 그렇게 이 세계와의 누군가와 혹은 어떤 것들과의 끝없는 만남을 통해 그 이야기들을 시로 쓰고, 그 느낌을 노래 부르고 있는 것이다.

딜런은 내한공연에서 〈Rainy Day Woman #12&35〉로 시작해서 앙코르 곡 〈Blowin' In The Wind〉까지 모두 18곡을 불렀다. 현장에 있던 많은 관객들은 딜런의 나이를 초월한 목소리의 힘, 딜런의 음악정신에 감탄하며 그가 앞으로도 한없이 노래할 것 같은 예감이 들었을 것 같다. 나 또한 그랬다.

프랭크 시나트라는 70세 되던 해인 1985년, 청중을 70세인 사람들로만 한정된 콘서트를 가졌었다. 레너드 코헨 역시 80세가 넘도록 콘서트를 즐겼다. 그는 늘 기도하듯이 노래하고 시낭송 하듯이 읊조린다. 고요함과 장중함의 극치가 그의 목소리다. 특이한 건 그가 금연하던 담배를 80세가 되던 2014년 9월 21일 자신의 생일날부터 다시 피우기 시작했다는 사실이다. 그 이전부터 그는 80세가 되면 다시 담배를 피워도 되는 나이라고 공언해왔었다. 그랬던 레너드 코헨은 2016년 11월 10일 명곡 〈Suzanne〉, 〈I'm Your Man〉과

유작 앨범 〈You Want It Darker〉를 남기고 뉴욕에서 82세로 생을 마쳤다.

그런데 담배 이야기가 나오면 딜런도 피해갈 수가 없다. 딜런의 이미지 중에는 제임스 딘처럼 꽁초를 입에 삐딱하게 물고 사진 찍거나, 초기 때 모습을 보면 타이프라이터 앞에서 역시 담배를 물고 시를 쓰는 모습이 나타난다. 그리고 그 옆 보조 테이블에는 뜯겨진 담배 한 갑과 미개봉의 담배 네 갑이 즐비하다. 그리고 와인도 한 병이 놓여 있다. 내한 공연 때 딜런은 화이트 와인 한 병과 재떨이를 대기실에 놓아달라고 요청했다고 한다.

롤링 스톤즈와 폴 매카트니, 링고 스타 또한 여전히 자신들의 콘서트를 열정적으로 갖고 있다. 이런 해외 스타들의 콘서트하는 모습은 언제 봐도 부럽다. 그들은 사람으로 태어나 악기가 됐고, 아예 음악이 되고 노래가 됐다. 딜런의 노벨문학상 수상 소식이 전해지자 일부 문화예술계 사람들은 한국의 밥 딜런이라고 하는 한대수나 김민기도 문학의 이름으로 상을 받아야 한다고 주장했다. 예를 들면 시인 강정은 한대수가 김수영 문학상이나 대산문학상을 받는 장면을 상상했다고 한다. 그러나 곧장 "그럴듯하지만 요원한 망상이라고

나 일단은 자위하겠다"고 했다.

딜런은 일찍이 무명 시절에 말했었다. 자신의 노래는 방송용이 아니라고 스스로의 음악을 직시했다. 그는 음악소비자들과의 영혼 대 영혼의 직거래를 시도한 것이다. 그것이 바로 그가 살면서 가장 행복한 순간이라고 하는 콘서트인 것이다.

나는 밥 딜런의 동상을 세우고픈 유혹이 있었다.(이 책을 통해서) 그리고 장독대에 정화수 떠놓고, 두 손 모아 기복 빌듯이 나 또한 밥 딜런을 교주로 모시고 왕파리처럼 무언가 빌 것도 없는데, 빌고픈 빌어먹을 짓을 하고팠던 일면이 있었음을 고백한다. 하지만 그러지 않았고 그럴까봐 경계했다. 그런 맹신이야말로 딜런을 외롭게 하고 모욕한다고 생각했기 때문이다.

딜런이 진정 원한 것은 자유다. 하지만 자유로운 존재들과의 소통이 궁극적인 목적이다. 그래서 그는 콘서트하고 음반을 발표한다. 월트 휘트먼은 지상에는 2미터가 안 되는 관들이 걸어다닌다고 했다. (거의 좀비 수준의 인간 빨대들을 가리킨 것 같다) 맞다. 자칫하면 그 꼴 나기 쉽다. 그래서 나는 밥 딜런을, 이 책을 통해서 굳어버린 동상으로 만들고자 하는 유혹을 매몰차게 스스로를 뿌리쳤다.

소통을 원한 밥 딜런, 어때, 그럴싸하지 않은가? 2016년 잃어버린 가을뿐만이 아니라, 조상대대로 어쩌면 후손대대로 불통의 시대를 겪어나가야 할지도 모를 이 불안한 한반도에서 말이다.

한국과 한국인을 너무 좋아해 파리의 아파트에서 무궁화꽃을 키웠었다는 『25시』의 작가 게오르규는 잃어버린 세계의 영혼을 한국인이 갖고 있고, 따라서 냉장고와 자동차 등의 물질문명을 극복하고, 인류의 그 영원한 미소도 한국인으로 인해 회복될 것이라고 했다.

그러나 언제까지 하늘과 정신과 영혼과 연인에게만 기대하고, 기다릴 것인가? 대한민국 헌법 제1조 제2항의 '대한민국의 주권은 국민에게 있고 모든 권력은 국민으로부터 나온다'는 이 국민주권주의 규정처럼, 국민이 주인 되는 날, 이 땅을 이 역사를 가장 사랑하는 사람들이 이 땅의 주인이 되고 관리자가 되어야 할 것이다.

그래서 스스로 딜런의 주인이 된 딜런이 한없이 부러울 따름이다. 이제 이쯤에서 나의 버킷리스트 1번을 소개한다. 1

번은 밥 딜런이 내 음반을 구매하는 상황이 도래하는 것이다. 버킷리스트 2번은 딜런과 내가 함께 듀엣곡을 발표하는 것이다. 나는 2016년 10월 20일 팡타 개라지 소극장에서 '구자형 콘서트- 코끼리'를 가졌다. 그때 KBS에서 취재를 와서 밥 딜런 관련 인터뷰를 했다. 나는 시종일관 밥 딜런이 '자유의 상징이자 자유를 추구한 우리시대의 진정한 거인'이라고 얘기했다. 그리고 그날 밥 딜런의 〈I'll Be Your Baby Tonight〉을 노래했다.

그날의 인터뷰에서 나의 이야기는 이랬다. "밥 딜런은 한 번도 비겁한 적이 없었어요. 그게 가장 중요한 거죠. 시가 머뭇대고 비겁해지면 그 사회가 굉장히 불안해지는 거죠. 근데 누군가는 그 시대에 가장 정직한 얘기를 반드시 해야죠. 그래야 그게 역사에 힘이 되고 나아갈 수 있는 힘이 됩니다. 누구나 한때는 자유의 상징일 수 있죠. 젊은 날 한때는. 그런데 밥 딜런은 지금 75세가 됐고 거의 55년 째 음악을 만들고 있고, 부단히 끊임없이 37장의 앨범을 냈거든요."

이제 정말 끝으로 한국과 한국인만이 아니라 지구와 지구인들 모두의 자유와 그 소통을 위한 이 글의 마무리를 위해 밥 딜런의 2016년 노벨문학상 수상을 다시 한 번 진심으로

축하하며 그의 노래 〈Desolation Row〉를 지금 이 책을 손에
들고 계신 당신과 함께 나누고자 한다.

지금 난 뭔가를 잘 읽을 수 없어

더는 내게 편지를 보내지 마, 제발

네가 '황폐한 거리'에 와서 부칠 게 아니라면

Right now I can't read too good

Don't send me no more letters, no

Not unless you mail them

From desolation row

밥 딜런 연보
BOB DYLAN TIMELINE

1941. 5. 24   로버트 앨런 지머맨(Robert Allen Zimmerman, 밥 딜런의 본명)
              미네소타 덜루스에서 출생

1946   딜런 가족 미네소타 북부의 히빙으로 이사

1959   히빙 고등학교 졸업 이후 미네소타 대학 입학

1960   미네소타 대학 중퇴

1961   뉴욕 그리니치빌리지에서 무명 가수 활동
              우디 거스리와의 만남

1962   1집 앨범 〈Bob Dylan〉 발표

1963   2집 앨범 〈The Freewheelin' Bob Dylan〉 발표
              〈Blowin' In The Wind〉 대 히트
              존 바에즈와 함께 뉴포트 포크 페스티벌 참여
              마틴 루터 킹 목사가 있는 워싱턴 평화 대행진에 참여, 20만 명 군중
              위해 피터 폴 앤 메리, 존 바에즈와 함께 노래함

1965   포크 록 사운드의 〈Like A Rolling Stone〉 발표
              첫 부인 사라 라운즈와 결혼(1977년 이혼)

1966   7집 앨범 〈Blonde On Blonde〉 발표
              오토바이 교통사고를 당함

1967	딜런의 영국 투어 다큐멘터리 흑백 영화 〈돌아보지 마라〉(D. A 페네베이커 감독) 발표
1971	딜런, 조지 해리슨이 앞장 선 방글라데시 난민 돕기 콘서트에 링고 스타, 에릭 클랩튼, 라비 샹카 등과 함께 참여
1973	영화 〈관계의 종말〉(샘 페킨파 감독)의 사운드트랙 〈Knockin' On Heaven's Door〉 발표
1979	19집 앨범 〈Slow Train Coming〉 발표
1982	작곡가 명예의 전당에 헌액
1985	아프리카 난민 돕기 자선 콘서트를 위해 마이클 잭슨 등과 함께 노래한 〈We Are The World〉 (U.S.A For Africa)에 참여
1986	두 번째 부인 캐롤린 데니스와 결혼(1992년 이혼)
1988	로큰롤 명예의 전당 헌액
1991	그래미 평생공로상 수상
1996	노벨문학상 수상자 후보지명(미국 문학예술원 앨런 긴즈버그 추천)
1998	딜런의 30집 앨범 〈Time Out Of Mind〉(1997년 발표)로 그래미상 올해의 앨범 상 수상
1999	'세계에서 가장 영향력 있는 인물 100'에 선정(〈타임〉지)
2000	스웨덴 왕실이 수여하는 폴라 음악상 수상
2004	스코틀랜드의 성 앤드루스 대학에서 음악박사학위 받음 딜런의 자서전 『크로니클스Chronicles』 발표
2007	딜런의 전기 영화 〈아임 낫 데어〉(토드 헤인즈 감독) 개봉

2008	팝 뮤직과 미국 문화에 끼친 영향으로 퓰리처상 수상
2012	버락 오바마 미국 대통령이 수여하는 '자유의 메달' 수상
2015	36집 앨범 〈Shadows In The Night〉 발표
2016	37집 앨범 〈Fallen Angels〉 발표 노벨문학상 수상

아무도 나처럼 노래하지 않았다

2016년 11월 15일 1판 1쇄 인쇄
2016년 11월 25일 1판 1쇄 발행

지은이   구자형
펴낸이   한기호
펴낸곳   북바이북
         출판등록 2009년 5월 12일 제313-2009-100호
         주소 121-839 서울시 마포구 서교동 484-1 삼성빌딩A동 2층
         전화 02-336-5675 팩스 02-337-5347
         이메일   kpm@kpm21.co.kr
         홈페이지 www.kpm21.co.kr

ISBN 979-11-85400-39-6   03800

북바이북은 한국출판마케팅연구소의 임프린트입니다.
책값은 뒤표지에 있습니다.